TOEIC滿分英文講師解析！

資優英文
文法王
一本制霸

關正生·著　陳識中·譯

My Study Guide
English

利用角色的力量，
使英文文法的意象更鮮明！

　　提到學習英文文法，過去大家都習慣用「這種文法要這樣用。這樣用時是這個意思。但要注意也有例外」這種教法，一味要求學生死背硬記。但是近幾年來，不要求死背硬記，利用意象和圖像幫助學生「理解」英文文法的教學方式正逐漸普及。我認為這樣非常好，我自己在上課和寫書的時候，也都遵循這個方針，努力向學生們傳達英文文法真正的模樣。

　　而本書更進一步推進了這個理念，除了運用意象來解釋外，更把英文文法的意象塑造為「角色」，試圖讓英文文法更加寫實，更加鮮明。

　　我有自信，運用這個前無古人的全新教學方式，本書成功地向學生傳達了身為英文講師的我僅憑一人之力難以講解的微妙差別和特徵。

　　回想起來，我們從小就經常把困難的概念畫成角色來理

解。譬如細菌導致蛀牙的原理，我們生活中存在很多耳熟能詳的例子。把眼睛看不見，不易直覺理解的概念具體化、角色化，這是古人傳承給我們的智慧，我們何不用它來學習英文呢？

本書用邏輯化的方式解說英文文法，英文學習遇到瓶頸的中上級學習者也能吸收理解。不僅如此，本書沒有落落長的繁瑣說明，即使是「完全看不懂什麼是分詞構句」的人，以及「不知在英文文法挫敗過多少次」的超級初學者，一定也都能輕鬆學懂。

書中出現的每個角色都各自代表一種文法意義，相信他們將在各位學習英文的路上一直伴隨著各位。身為本書的作者，我衷心希望讀者們讀完本書後，過去黑白的英文文法世界，都能變成色彩繽紛的世界。

關 正生

學習文法是
提升英語能力的捷徑！

很多人都覺得「**英文文法好難！**」，這是為什麼呢？

人們討厭英文文法的主要原因有被要求死記硬背、解說枯燥乏味、以及沒完沒了的例外情境。因為過去英文文法的教學方式幾乎都是「死背和例外情況的交際」。

話雖如此，每年想重新學好英文文法的人還是絡繹不絕，**代表大多數人潛意識中都認為「英文文法很重要」**呢。

學習英文文法有什麼好處呢？

可以大幅提高學習速度！
因為「搞懂英文文法」，就等於「能瞬間掌握專家們百般研究後發現的規律」。

就好比只靠看別人比賽來理解橄欖球的規則，可能得看10場比賽才能發現「不能把球往前傳」這條規則。然而，假如一開始就去看規則書，便能省下看10場比賽的時間。學習英文也是同理。**假如完全不懂文法，得花好幾倍的時間才能理解英文。**

所以不學英文文法，就得平白浪費很多時間呢。

認識英文文法，可以省下很多學習時間！

「邏輯化思考」是學習英文文法最好的武器。所以成人比小孩更適合重學英文文法。

但一般不都說「母語人士平常說話時也不會刻意思考文法，所以不需要學文法」嗎……？

那是因為母語人士「已把文法內化到潛意識，不需要刻意思考」。他們只是**「沒有刻意去注意」**，並不是**「不知道怎麼用」**，跟完全不懂英文文法不一樣。

相反地，**我們非母語人士必須先用頭腦理解英文文法，再不斷反覆練習，直到內化至潛意識（身體完全習慣）才行。**

學習英文文法時，
邏輯化思考是最大的武器！

儘管很多人不擅長英文英文，但其實只要抓住核心意象，英文文法會比大多數人想像得簡單很多。

譬如『**現在式**』（p.16）正確的核心意象是「現在＋過去＋未來式」，非常簡單。而只要了解這點，就能知道怎麼應用，在日常會話中也很有用。

還有**冠詞的 the 和 a**（p.122）也是，只要理解核心意象，不論是書寫還是會話，都能毫無困難地駕馭。

助動詞的 will，國中英文老師說是「推測、打算」的意思，但高中老師又說是「習慣、習性、（否定句中）拒絕」的意思。
但will真正的意思其實是「100％一定會做～」這個霸氣的意思（p.62）。

只要正確理解英文文法，就能精準地傳達自己想表達的意思。
那麼，請從你有興趣的項目開始讀起吧！

資優英文文法王一本制霸

contents 目錄

登場人物

關老師

TOEIC多次拿到滿分990分的英文達人。提倡「推翻填鴨式英文」，受到考生和眾多英文學習者愛戴。興趣是打撞球。

嘀咕鳥

夢想成為英文達人的鳥。腳踏實地地磨練聽、說、讀、寫四大技能。目標是征服英文文法！

本書的閱讀和使用方法

本書為幫助讀者更輕鬆理解英文文法，加入許多卡通人物和漫畫，以深入淺出的方法講解。

此處介紹現在式、完成式、分詞構句等一定要學會的文法項目。

此處介紹各文法的核心意象。只要讀完這裡，就能掌握各種文法的本質。

此處用角色表現各項目的意象。使文法的意義和用法更加鮮活。

由各文法代表角色擔任主角的漫畫。請一邊輕鬆地閱讀，一邊掌握各文法的核心吧。

核心意象是「隨時會發生」

can 除了所有人都知道的「做得到」（能力）這個意思外，還有「可能發生」（推測）這個意思也非常重要。理解了「可能發生」這個意思，就能理解 it can't be.「那不可能」之類的英文表現。下面就讓我們以核心意象「隨時會發生」為基礎，來看看 can 的各種用法。

❶ 表達能力「做得到〜」

首先讓我們用核心意象「隨時會發生」，來思考看看已經幾乎是常識的「做得到」這個意思吧。原始意思是「該行為隨時會發生」，後來演變為「（只要有人要求就）做得到〜」。換言之，是用來表達「只要想做，就做得到」的意思。

He can do it if he tries.
他只要想做就做得到。

例句中的 it「泛指所指的事情或狀態」，直譯就是「他只要實際去做（try），就隨時可以做到那件事」，並衍伸為「只要肯真去做就能做到」。

而上一句用來表達「想做就做得到」的英文。

而下面要介紹的❷許可「〜也無妨」和❸委託「可以替我〜嗎？」也是從這個「能力」的意思衍生而來的。

❷ 表達許可「〜也無妨」

❶「能力」，又可由「（想做的話說）做得到」衍生出「〜也無妨」，也就是「許可」的意思。

Can I take a picture of your dog?
我可以拍你的狗嗎？

「我能拍攝照片嗎」→「我可以拍照嗎」的意思。順帶一提，其他徵求同意的說法請看用助動詞的 may（p.98）的 May I〜？。May I〜？是比較「禮貌」的說法，而 Can I〜？聽起來則比較「口語」。

❸ 表達委託「可以替我〜嗎？」

從「能力（做得到）」衍生出來的另一種用法則是用於疑問句中的「委託」。也就是「做得到〜嗎？」（做得到的話）可以替我〜嗎？」透過❷「許可」一樣，在口常會話中常常用到。

Can you help me with these bags?
你可以幫我提這些包包嗎？

「你有能力幫我提包包嗎」→「你可以幫我提包包嗎？」。順帶一提「help 人 with 物」是「幫忙 人 搬運 物」的意思。

❹ 表達推測「可能發生」

另一個跟大家熟悉的「做得到」一樣重要的意思，則是表達推測的「可能發生」。這個意思是由「（那種情況）隨時會發生」，演變成「可能發生」的。讓我們看看下面的例句吧。

Accidents can happen.
意外有可能發生。

「『出意外』這件事隨時會發生」→「意外有可能發生」。此句中表達「可能發生」的 can 若用在疑問句中，則是用來表達「〜真的有可能發生嗎？」的「強烈疑問」。

Can it be true?
可能是真的嗎？

「那件事成真的情況隨時會發生嗎？」→「那是真的嗎？」。除此之外，表示「可能發生」的 can 若用在否定句中則表達「〜不可能發生」的「強烈否定」之意。

It can't be true.
那不可能是真的。

「那件事成真的情況無論何時都不會發生」→「不可能是真的，不可能發生」。

練習使用 can

【能力「〜做得到」】
Cheetahs can run very fast.
獵豹可以跑起高速奔跑。
* 「獵豹用高速奔跑的狀況隨時會發生」→「獵豹有能力用高速奔跑」。

【許可「〜也無妨」】
Can I borrow your phone?
我可以借電話嗎？
* 「我能夠借電話嗎」→「我可以借嗎？」。

【推測「可能發生」】
He cannot be a scholar.
他不可能成為學者。
* 「成為學者的情況無論何時都不可能發生」→「他不可能成為學者」。

各文法的解說。特別重要的意義和用法在此處講解。

Check it! 補充知識

當對方用 may 詢問問題時，我們也要留意回答的方式。「對方用 may 發問，我方也用 may 回答」的道理，即答 Yes, you may.／No, you may not. 的話。聽起來會讓人感覺非常緊張。所以遇到這種情況，請用下面的方式回答對方。

想表達贊成或肯定時
Sure.／Yes, of course.
「當然可以。」

想表達拒絕或否定時
I'm sorry, but you can't.／I'm afraid not.
「不好意思，你不能那麼做。」

此處介紹解說中沒有提及，但知道會更好的主題。

最後是例句。請用這部分熟悉各文法的具體用法。

Part 1

與動詞有關的文法

首先從與動詞有關的文法開始！

本章要講解英文文法的王道

——現在式、完成式、假定句等文法。

其中很多大家應該都還記得才對。

請抓住核心意象，重新溫習吧。

首先記住最基本的文法！

時態①
現在式 p.16
核心意象是
「現在＋過去＋未來式」

時態②
現在進行式 p.22
核心意象是
「正在做～的過程中」

時態③
完成式 p.28
核心意象是
「連到某點的箭頭」

假定句 p.36
核心意象是
「妄想」

be to 構句 p.44
核心意象是
「即將要做～」

意圖
義務
預定
可能
命運

分詞構句 p.50
核心意象是
「補充說明」

時態①

現在式

核心意象是「現在＋過去＋未來式」

在英文文法時態中，「現在式」是最難以掌握的。

不過，只要把現在式的用法想成「現在式＝現在＋過去＋未來式」，就能輕鬆理解了。

姊小路家的長男，阿一。每天早上6點起床，搭7：15的電車去上學，下午3點回家……。不論昨天、今天、還是明天，阿一每天都嚴格遵守這個規律，是個超級小學生。他最喜歡的一句話是「不變的真理」。最新學會的英文片語是「What do you do?」。

核心意象是「現在＋過去＋未來式」

聽到「現在式」三個字，大多數人第一個想法大概都是「哎？不就是『現在』的意思嗎」吧。然而，現在式的真正涵義其實是「發生在現在、過去、未來所有時間點的事」。絕對不是表達「現在這個瞬間」（表達現在這瞬間的時態是p.22「現在進行式」）。

文法書上對現在式的解釋大多是「習慣」、「不變的真理」、「確定的未來」等有點難以理解的文法術語，但只要想成「現在式＝現在＋過去＋未來式」，就能輕鬆理解了。

現在式＝現在＋過去＋未來式！

❶ 表達「習慣」的用法

首先介紹現在式最基本的用法──表達「習慣」。

I go to school.
我去學校。

學生不論昨天、今天、還是明天都會去上學。雖然有時會放假，但因為去上學這件事「現在、過去、未來都發生」，所以要用現在式 go。這句話絕不是在表達現在這瞬間「我正在前往學校（＝上學途中）」。反過來說，可以使用這個表達方式的人只限「不論昨天、今天、還是明天都會去學校」的學生或老師。

有些文法書將現在式解釋為「用來表達習慣的用法」，但其實現在式原本的意義是「現在、過去、未來都發生的事」，所以「習慣」才會

用「現在式」來表達。

表達某種「習慣」的現在式用法中，最常出現在日常會話的是下面這句話。繼續往下閱讀解說前，請試著自己想想這句話是什麼意思。

What do you do?

我猜應該很多人會翻成「你在做什麼？」吧。然而，這個例句的意思其實是「你的工作是什麼？」。是不是感到很意外呢？但只要用「現在式＝現在＋過去＋未來式」的邏輯思索一下，就能輕鬆理解了。

首先，What <u>do</u> you do? 的第一個do是『現在式』（過去式的話會是What <u>did</u> you do～？）。然後依照「現在式＝現在＋過去＋未來式」的邏輯來想，這句英文直譯後就變成下面這樣。

「你（昨天、今天、明天都在）做什麼事？」

衍生出來的意思就是「你的工作是什麼？」。所以說，只要用「現在式＝現在＋過去＋未來式」的邏輯來理解，即使不用死記硬背，也能在會話時瞬間理解以前從沒見過的用法。

❷ 表達「不變真理」的用法

接下來是俗稱「不變真理」的用法。

The sun rises in the east and sets in the west.
太陽從東邊升起，從西邊落下。

不論是昨天、今天、還是明天，太陽都是從東邊升起、從西邊落

下。這也是「現在、過去、未來都發生的事」，所以同樣要用現在式 rise（此句的主詞是第三人稱單數，所以動詞要加s，變rise**s**）。

以前的參考書習慣把自然現象或社會真理統稱為「不變的真理」。然而，即使不去背這種拗口的文法術語，只要按「現在式＝現在＋過去＋未來式」的邏輯來想，也能自然地理解。

❸ 表達「確定未來」的用法

除此之外，現在式還有一種用法叫「確定的未來」。有的人可能會納悶「明明是現在式，卻能用來表達未來？」，但這個用法同樣只要用「現在式＝現在＋過去＋未來式」的邏輯來想就會豁然開朗了。

The train arrives at nine.

那班電車在9點抵達。

因為「現在式＝現在＋過去＋未來式」，所以照理說「（不論昨天、今天、還是明天）這班電車都會在9點抵達」。因為現在式是「現在、過去、未來都會發生」，因此像時刻表這種人為規定好的「（循環發生的）確定未來」，也會使用現在式。

練習使用現在式

【習慣】

What do you do in your free time?

你的興趣是什麼？

＊「你（不論昨天、今天、還是明天）在閒暇時都做些什麼？」→「你的興趣是什麼？」

【不變的真理】

Water freezes at 0°C.

水在0°C時結凍。

＊「水在0°C時結凍」這件事不論在昨天、今天、還是明天都不改變。所以要用現在式freezes。順帶一提，0°C的英文讀做zero degrees Celsius。

【確定的未來】

Our flight arrives at Honolulu International Airport at 7:00 p.m. local time.

本班機將於當地時間晚上7點抵達檀香山國際機場。

＊這架飛機在「晚上7點抵達」這件事不論昨天、今天、還是明天都不會改變，所以要用現在式。像這種按時刻表規定好的未來計畫，通常會用現在式來表達。

時態②

現在進行式

核心意象是「正在做～的過程中」

現在進行式只要理解成「正在做～的過程中」，就能看清它的真面目。光憑學校教過的「現在進行式表示『正在做～』的意思」，有時可能會遇到不適用的情況。

正在減肥的豬美小姐。由於三分鐘熱度的性格，常常給自己找各種理由中斷瘦身，導致復胖。據本人所言，只要在5秒內重新開始，就不算是中斷。永遠保持「進行式」的我，是個超級樂天派！

「還在過程中！」之卷

哎呀，難得看到你在讀書呢!?

我正在研究怎麼瘦身。

咦!? 瘦身？完全看不出成效耶……

怒

上下打量

我要瘦下來變美麗

喋喋

瘦身

還沒減完啦！

真失禮！

肚滿腸肥

讓您久等了——

啊 來了 來了

咦咦咦咦咦!!

你不是在減肥嗎？

就說了還沒減完啊～

呀——

我感覺你永遠減不完……

大概一輩子都是「減肥中」吧

23

核心意象是「正在做～的過程中」

　　用來表達「現在正在做～」，或是「當下這瞬間的動作」的時態就叫「現在進行式」，寫成「be+ -ing」的形式。這個單元感覺很簡單，但文法書上卻常常告訴讀者「也存在like等無法使用進行式的動詞」，或是「如have之類的動詞當『吃』的意思時可以用進行式，但當『擁有』的意思時則不能使用進行式」，讓這文法看起來變得很複雜。然而，只要把現在進行式理解成「正在做～的過程中」，就不用去背誦那些複雜的規則，輕鬆理解這個時態。

❶ 表達「正在做～（過程中）」的現在進行式

　　首先介紹現在進行式最正統的用法。

He is studying Spanish.
他正在學習西班牙文。

　　此句的現在進行式是表達「現在正在學習」的意思。單就這句話來說，只要知道「正在做～」這個涵義就夠了。但有些情況想成「正在做～的過程中」會更好理解，所以請務必趁此機會重新記憶。

❷ 不能使用進行式的動詞（狀態動詞）

　　學習現在進行式時最多人遇到的瓶頸，就是「有些動詞可以使用進行式，但有些動詞卻不能」。這種「不能使用進行式的動詞」叫做「狀態動詞」，而「可以使用進行式的動詞」叫做「動作動詞」，例如know「知道」這個動詞就不能使用進行式。然而，因為日文的「知道」是有進行式的，所以日本人常常把know寫成進行式。

「我認識他。」
◎ I <u>know</u> him.
× I <u>am knowing</u> him.

除了know之外，不能使用進行式的狀態動詞還有love、like等非常多種，要全部背下來非常困難。所以這裡提供一個簡便的判斷規則。

「<u>無法每5秒中斷、繼續的動詞</u>，就<u>不能用進行式</u>。」
「5秒」只是表達短時間的意思，換成別的秒數也OK！

例如read「閱讀」、study「研讀」等行為，都可以每5秒中斷、繼續。

I am reading a book about AI.

我在讀一本有關AI的書。

我們在閱讀這本書時即使中間停下，也可以在5秒內繼續此行為。所以可以使用be reading和be studying等時態。相對地，前面提到的know和like無法隨意中斷、繼續，所以不可使用be knowing和be liking等時態（因為人無法任意控制喜歡和不喜歡等行為）。

不過，這個「5秒規則」是如何出現的呢？

　　進行式除了「正在做～」的意思外，還有「正在做～的過程中」這個核心意義。以I am reading a book. 為例，就是「我正在讀書的過程中」的意思。因此反過來說，所有跟「過程中」這個概念不相容的動詞都不能使用進行式。例如「我正在認識他的過程中」這句話就難以理解是什麼意思。既然是「做的過程中」，就可以每5秒中斷一次，並重新繼續。所以才有「可以中斷、繼續的行為，就可以使用進行式」，而「不能中斷、繼續的行為則不可使用進行式」這個規則。

❸ 依涵義有時可用，有時不可用進行式的動詞

　　有些參考書會告訴讀者「如have之類的動詞當『吃』的意思時可以用進行式，但當『擁有』的意思時則不能使用進行式」，這點同樣也能用5秒規則來解決。

　　「我正在吃早午餐。」
◎ I am having brunch.

　　「我有5個兄弟。」
◎ I have five brothers.
× I am having five brothers.

　　have當「吃、喝」等意思時是可以中斷、繼續的，所以可使用進行式。相對地，當「擁有」的意思時，have是不可中斷、繼續的，所以不能用進行式。

練習使用現在進行式

【表達「正在做～（過程中）」的現在進行式】

He is smoking in front of the shop.

他正在店鋪前抽菸。

＊代表「正在吸菸的過程中」。

【不能用進行式的動詞（狀態動詞）】

This computer belongs to him.

這台電腦是他的。

＊belong to～「屬於～」是一個片語。belong to～的歸屬關係「不能每5秒中斷、繼續」，所以屬於「不能用進行式」的動詞。雖然學校只告訴我們belong to～是「屬於」的意思，但如例句可見，英文也常常用 物 belong to 人 的語法，也就是「物是人的」的意思。

【依涵義有時可用，有時不可用進行式的動詞】

Lemons taste sour.　檸檬是酸的。

＊taste sour是「吃起來是酸的」的意思。taste當「吃起來是～的味道」的意思時，由於「無法每5秒中斷、繼續」，故不能用進行式。

相對地，當「品嘗」的意思時 taste可以使用進行式。

請看下面例句！

She is tasting several types of saké.

她正在試喝多種日本酒。

＊taste如上面例句中當「品嘗」的意思時，屬於「可以每5秒中斷、繼續」的動詞，所以可用進行式。

時態③

完成式

核心意象是「連到某點的箭頭」

完成式的意象是延伸的箭頭（→）。只要掌握了這個概念，「持續」、「完成、結果」、「經驗」等用法自不用說，還有現在完成式、過去完成式、未來完成式的用法也能一次搞懂。

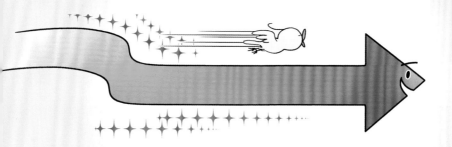

從某段時間一直延伸到現在的箭頭小弟，用來表達「一直在做～」、「正在做～」、「曾經做過」等近況。總是以「某一點」為目標前進。它的哥哥是從遙遠過去到過去某點的箭頭，而弟弟則是延伸到未來某一點的箭頭。

核心意象是「連到某點的箭頭」

以前學校都教我們完成式是「持續」、「完成、結果」、「經驗」等意思，但它真正重要的意象其實是「連到某點的箭頭」。只要掌握了這個概念，自然就能理解完成式的用法。而且掌握此意象，還能連帶搞懂「現在完成式（have p.p.）」、「過去完成式（had p.p.）」、「未來完成式（will have p.p.）」等不同時態的用法。 *p.p.＝過去分詞

這裡我們先介紹現在完成式，帶大家認識完成式＝「連到某點的箭頭」這個概念。然後再進一步應用，看看什麼是「過去完成式」和「未來完成式」。

完成式＝連到某點的箭頭，請把這個意象記在腦裡！

❶ 現在完成式（have p.p.）

現在完成式的概念是「從過去延伸到現在的箭頭」。拆解have+p.p.這個句型，就會知道這是「現在擁有（have）過去某件事（p.p.）」的意思。換言之，這是表達從過去一直持續到現在的時態。如果把時間流畫成圖來看，就能輕鬆理解了。

過去＋現在＝have＋p.p.

接著讓我們用箭頭的意象，來看看平常最熟悉的三種用法（1）持續、（2）完成、結果、（3）經驗吧。

（1）持續「（從過去）到現在一直在做」

I **have lived** in Hakata since I was a child.
我從小就一直住在博多。

起點是「小時候」。然後一直延伸到「現在」仍住在博多。完全符合箭頭的意象。

（2）完成、結果「（從過去開始）到現在剛做完～（其結果為…）」

I **have just eaten** the cake.
我剛吃完蛋糕。

這句表達的是「不久前」開始吃蛋糕，然後一直吃，直到「現在」才吃完的意思。這也可以用箭頭的意象來理解。

（3）經驗「（從過去至今）有過～的經驗」

經驗很容易讓人以為是屬於「過去」的事物，但在英文的世界卻是「擁有過去的經驗，且該經驗到現在仍存在」的意象。

I **have visited** Barcelona twice.
我去過巴塞隆納兩次。

「過去兩次前往巴塞隆納，且現在依然持有該經驗」，因為是用這個方式思考，所以不用過去式，而是用現在完成式。這同樣也可以用箭頭的意象來理解。

那麼接著就可以來看「過去完成式（had p.p.）」和「未來完成式（will have p.p.）」了。話雖如此，這三種完成式其實「只有當成基準的某點不同而已」，所以一點都不難。具體來說，現在完成式是「連到現在某點的箭頭」，而過去完成式則是「連到過去某點的箭頭」，未來完成式是「連到未來某點的箭頭」。

❷ 過去完成式（had p.p.）

過去完成式只要把現在完成式的「從過去到現在的箭頭」往過去的時間段「複製貼上」就行了。

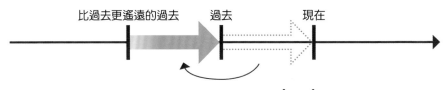

比過去更遙遠的過去＋過去＝had p.p.

換句話說，現在完成式是「以現在為基準（連到現在的箭頭）」，而過去完成式則是把該基準點挪到過去，變成「以過去某點為基準（連到過去的箭頭）」而已。

I had lived in Kyoto for four years when I moved to Osaka.

我在搬到大阪前，在京都住了4年。

也就是一條連接至「搬家到大阪時」這個位於過去的某點，名為「在京都住了4年」的箭頭。順帶一提，這個例句屬於「繼續」、「完成、結果」、「經驗」這三種用法中的「繼續」。

❸ 未來完成式（**will have p.p.**）

未來完成式也很簡單，只要把現在完成式的「從過去延伸到現在的箭頭」往未來的方向複製貼上即可。

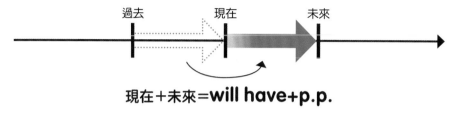

現在＋未來＝**will have+p.p.**

現在完成式是「以現在為基準（連到現在的箭頭）」，而未來完成式則是把該基準點挪到未來，變成「以未來某點為基準（連到未來的箭頭）」。

I will have finished my work by 5 o'clock.

我會在5點前做完工作。

這句話表達的是「做完工作」這個行為將在「5點」這個未來的時間點完成的意思。在三種用法中是表達「完成」的意思。

【完成式的概念圖】

全部整理起來，就像上面的圖。
請仔細檢查箭頭，確實掌握完成式的概念吧。

練習使用完成式

【現在完成式（**have p.p.**）】

I have known that actor since he was a baby.

我從他還是嬰兒時就認識那位演員了。

*表達「持續」的意思。表示以「還是嬰兒時」為起點，然後一直持續到「現在」，自己都認識他。

【現在完成式（**have p.p.**）】

I have just finished my homework.

我剛做完作業。

*表達「完成、結果」的意思。表示「不久前」開始寫作業，然後一直在寫，直到「現在」才終於把作業寫完。

【現在完成式（**have p.p.**）】

I have seen a blue whale once.

我曾親眼看過藍鯨一次。

*表達「經驗」的意思。概念是「過去看過藍鯨一次，且該經驗到現在仍然存在」。

【過去完成式（**had p.p.**）】

The train had already left when I arrived at the station.

我到車站時,電車已經離開了。

＊表示「到達車站」為某個過去的時間點,且在該時間點「電車離開」這個行為已經完成了。

【過去完成式（**had p.p.**）】

I had already studied English for six years when I moved to Singapore.

我搬到新加坡時,已經學了6年英語。

＊表示「搬家到新加坡」是某個過去的時間點,且在該時間點說這句話的人「已經學了6年英語」。

【未來完成式（**will have p.p.**）】

If I see the movie one more time, I will have seen it three times.

如果我再看一次那部電影,我就看過它三次了。

＊表示「再看一次那部電影」為某個未來的時間點,且在該時間點上說話者將擁有「看過那部電影三次」的經驗。

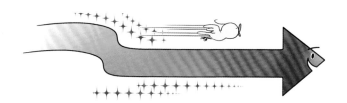

假定句

英文考試最常考的文法就是假定句，而且這個文法在日常生活中也常常用到。它的核心意象是「妄想」。可用來表達「假如我有錢的話……」、「如果我是你的話……」等意思，是非常貼近生活的文法。

上班族的光男。每天都會妄想「假如○○○的話，我就能╳╳╳了」、「假如當初○○的話，現在應該就是╳╳了～」。最近為了增加妄想效率，會直接省略掉「假如」這個開頭語。

核心意象是「妄想」

很多人都對假定句感到棘手，而背後最大的原因就是誤以為「假定句一定有if」。聽到假定句，大多數的人都會聯想到if，但其實假定句的特徵應該是助動詞的過去式（would、could等）。所以以後看到假定句的文章時，請把注意力放在助動詞的過去式上，只要看到助動詞是過去式，即可判斷這是一個假定句。

本節我們要介紹「過去假定句」和「過去完成假定句」這兩種文法。大家常以為它們很難，但這兩者其實只有時態不同，背後邏輯一模一樣。換言之，過去假定句是「現在的妄想」，而過去完成假定句是「對以前的妄想」，兩者的重點都是「妄想。」

❶ 過去假定句

過去假定句表達的是現在的妄想。使用時請直接套用下面的公式。

○過去假定句的公式

> **If s 過去式 , S would 原形** 「假如～，就可以……」

重點 1

表達「現在」的妄想。 ＊if 後接過去式。

重點 2

主句的助動詞可用would、could、might、should。

因為if句中用的動詞是「過去式」，所以叫做「過去假定句」。但內容描述的卻是「現在」的事情。換言之，「表面上是過去，但句意是現在」。

If I had enough money, I could go to Los Angeles.

假如我有足夠的錢，我就能去洛杉磯了。

　　if句中的動詞是過去式（had），所以句意是「如果現在有足夠的錢」，表達「現在」的狀態。

❷ 過去完成假定句

過去完成假定句表達的是過去的妄想。使用時請套用以下公式。

○過去完成假定句的公式

If s had p.p., S would have p.p. 「假如當時～，就能……」

重點 1

表達「過去」的妄想。 ＊if 後接過去完成式。

重點 2

主句的助動詞可用 would、could、might、should。

因為if句中用的動詞是「過去完成式（had p.p.）」，所以叫做「過去完成假定句」。然而內容描述的是「過去」的事情。換言之「表面上是過去完成，但句意是過去式」。

If I had left home before 7:30, I would have caught the train.
假如當時我在7點半前出門，就能趕上那班車了。

if句中的動詞是過去完成式（had left），所以句意想表達的是「假如當時我在7點半前出門」這個「過去」的內容。

❸ 沒有 if 的假定句

在「假定句公式」中不論過去假定句還是過去完成假定句都有用到if，但在實際的英文中卻經常出現「沒有if的假定句」。

I would not succeed without your help.
沒有你的幫助，我就無法成功。

上面的例句若套用「過去假定句」公式，原始句型其實是 I would not succeed if you did not help me.。只不過把if you did not help me簡化成了without your help。換言之，是用without～「沒有～」替換了if句的內容。

在沒有if的假定句中，也常常見到用otherwise的句型。otherwise是「除非」的意思，除了其本身的意思外，記住這個詞「可以代替if句」，將能加深對英文的理解。

It was raining really hard. Otherwise, I would have gone shopping.

雨下得很大。若非如此（假如雨沒那麼大），
我就上街去買東西了。

上面的句子中，otherwise後面接的是假定句。

套用公式來寫的話，這句話本該是If it hadn't rained heavily, I would have gone shopping.「假如雨沒下得那麼大，我就去上街買東西了」的「過去完成假定句」。而上面的例句只是用otherwise這個字替換了If it hadn't rained heavily。由此可知otherwise本身就含有「假如雨沒下得這麼大」的意思。

如果以為「假定句的特徵就是if」，
便有可能看不懂這種「沒有if的
假定句」。

從這點來看，「從助動詞的
過去式來辨認假定句」這個
觀念很重要呢。

練習使用假定句

【過去假定句】

If I knew the truth, I would tell you.

如果我知道真相，我會告訴你。

* "If s 過去式, S would 原形"「假如～，就…」的句型，代表說話者在描述「現在的妄想」。

【過去假定句】

If I were you, I would do the same thing.

假如我是你，我也會做一樣的事。

*在過去假定句中，be動詞為過去式時，即使主詞為I或it，be動詞原則上也還是用were。因此例句中用的是if I were you,～。

在非假定句的普通句子中，若主詞是I或it時，動詞應用was。

動詞刻意用不一樣的型態，明示了這是「假定句（妄想）」呢。

【過去完成假定句】

If I had known you were in Osaka, I would have invite you to the party. * invite 人 to ～ =「邀請 人 到～」

假如我當時知道你在大阪，我一定會邀請你到派對來。

* "If s had p.p., S would have p.p."「假如當初～，就…」的句型表示說話者在描述「過去的妄想」。

【沒有 if 的假定句】

With a little more effort, you could have finished the work on time. ＊on time＝按時

如果你當時再努力點，就能按時完成工作了。

＊With a little more effort這句的原始句型應該是If you had made a little more effort，例句中用with「伴隨～」代替了原本的「如果再努力一點」這個if句。這裡的with是without「沒有」的反義詞。

【沒有 if 的假定句】

I started immediately after lunch; otherwise I wouldn't have finished by 5 o'clock.
＊immediately＝馬上

我在午飯後馬上開始作業。若非如此（如果沒有馬上開始作業），我恐怕無法在5點前完成。

＊例句中用otherwise這個字代替了If I hadn't started immediately after lunch「假如午飯過後沒有馬上開始作業」這個if句。

p.43的兩個例句，全都是沒有用到if的過去完成假定句。

be to 構句

「be to構句」是由be動詞和to不定詞連結而成的助動詞。
乍看之下很難，但只要理解成「即將要做～」就很簡單了。

認為所有事物都能歸類為「預定」、「意圖」、「義務」、「可能」、「命運」的圭介。事事都愛追究「這是預定，還是意圖?!」，分析得頭頭是道，但其實全都只是「未來的計畫」。每天都為了實現夢想而不斷激勵自己。

　　be to構句就是組合be動詞和to不定詞後當成一個助動詞來用的文法，坊間的文法書通常會寫「be to的意思有『預定』、『意圖』、『義務』、『可能』、『命運』五種意思」。然而，be to構句真正表達的其實是「即將要做～」。只要記住這點，就能輕鬆理解be to構句。

●be to構句由五種涵義混合而成

請猜猜下面這句話是什麼意思。

They are to be married.

　　傳統上，這裡的be習慣解釋成「表示預定計畫」，也就是「他們預定要結婚」的意思。這種理解方式其實是背下『預定』、『意圖』、『義務』、『可能』、『命運』這五種意義，然後再依照文脈挑出『預定』這個意涵來翻譯，但每次遇到都要去想該翻成哪種意思，無法說是真正理解了本質。因為一如前面所述，be to真正的意義其實只是「即將要做～」。

　　那麼，接著讓我們來看看為什麼be to構句會是「即將要做～」這個意思吧。

　　首先，to不定詞表示「未來志向（接下來要做～）」的意思（p.56「後面接不定詞的動詞，後面接動名詞的動詞」）。因此be to～這個用法直譯就是「接下來要做～（to）的狀態（be）」。因此可以理解成「即將要做～」。

知道 be to 構句為什麼是「即將要做～」的原因後，我們再來回頭看看剛剛那句英文。

They <u>are to</u> be married.

△ 那兩人<u>預定要結婚</u>。

◎ 那兩人<u>要結婚了</u>。

從五種意思中選出『預定』，然後翻成「預定要（結婚）」其實還算順暢。然而，理解成「即將要（結婚）」更能抓住 be to 構句的本質。換言之，這句話隱含了這兩人「<u>預定要結婚</u>」，有「<u>結婚的意圖</u>」，且「<u>結婚是義務</u>」，有「<u>結婚的可能</u>」，甚至「<u>注定要結婚</u>」等這種不同的意思。

由此可見，be to 構句的意義不一定只能從「預定」、「意圖」、「義務」、「可能」、「命運」中5取1。甚至有些場合可以同時解釋成多種意義，或是全部的涵義混合在一起。這才是 be to 構句的本質。

所以以後看到 be to 句型，腦中請先浮現我「即將要做～」這句話。如此一來英文意義應該會感覺更貼近現實。

●英文報紙上出現的 be to

儘管 be to 構句常被說是「只有考試用得到的文法」，但其實如果有在看英文報紙，就會知道這個文法也常常出現在報章雜誌上。

下面這句話就是常常在英文報紙上出現的標題。

US President to visit Japan in July

英文報紙的標題習慣省略the和be動詞。因此，若把這個例句的省略字補上，就會發現這是一個be to構句。

{The} US President {is} to visit Japan in July{.}
美國總統預定7月訪問日本

直譯的話就是「美國總統將在7月訪問日本」。而如果刻意翻得更細就是「預定要訪問日本」。然而be to構句的意義並不限只能從『預定』、『意圖』、『義務』、『可能』、『命運』中挑其中一個。換言之，US President to visit Japan in July這句話其實混雜了「美國總統預定、有意圖、有義務、有可能、且在歷史上注定要訪問日本」這五個意涵。

只要知道be to構句的意思是「即將要做～」，應該就能感受到例句中混合了這五種涵義的語感了。

練習使用be to構句

This summer, a famous singer is to hold a concert at this hall.

今年夏天有位知名歌手將在這座表演廳舉辦演唱會。

＊is to hold的部分是be to構句，是「將開演唱會」的意思。硬要說的話，屬於「預定」、「意圖」、「義務」、「可能」、「命運」中的「預定」，但這裡不應拘泥在細節的翻譯，而更重要的是抓住「即將要做～」的意涵。

If you are to pass the upcoming exam, you need to study a lot harder.

如果你下次考試想過關，就必須認真念書。

＊are to pass的部分是be to構句。「即將過關」就是「想要過關的話」的意思。在表示「意圖」的be to構句中，常常會像此例句把be to放在if句中。順帶一提，a lot是用來強調比較級的（harder）。

Not a star was to be seen in the sky.

天空看不見半顆星星。

＊因為是be to構句，所以要把「將不會看到任何一顆星星」理解成「看不到半顆星星」。

> 按照文法書的分類法，本句應分類為「可能」，但用「即將要做～」來就可以了！

> be to構句應理解成「預定」、「意圖」、「義務」、「可能」、「命運」這五個涵義的混合。

分詞構句

很多人完全搞不懂分詞構句是什麼。不過,分詞構句其實非常簡單,可以用「-ing(分詞)當副詞用」這一句話來總結。

「老師!今天田中同學代替值日生幫兔子換水。我覺得值日生太缺乏責任感了。」、「老師!水野同學把自己的毛巾借給伊藤同學。但我認為他下次一定又會忘記把跟別人借的毛巾帶來還。」、「老師!⋯」咦?我太多嘴了嗎?

核心意象是「補充說明」

　　「分詞構句」的用法很簡單，就是「-ing（分詞）當副詞用，補充說明額外的資訊」。這裡讓我們從分詞構句的組成來認識什麼是分詞構句吧。

●分詞構句的寫法

　　首先來認識「分詞構句的造句步驟」。分詞構句可按下面3步驟順序造出。

> 分詞構句的造句3步驟
>
> 1. 消去連接詞。
> 2. 若主句和從屬句的主詞相同，則消去從屬句的 S（主詞）。若主句和從屬句的 S 不同，則「留下主詞」。
> 3. 把 V（動詞）改為分詞（-ing）。
>   若動詞是 being 的話則可省略。
>
> ＊不含連接詞的句子＝「主句」，含連接詞的句子＝「從屬句（副句）」。

　　那麼馬上來看看實際的例句。

【例1 普通的分詞構句】

When he saw a policeman, he ran away.
Seeing a policeman, he ran away.

「看到警察後，他逃走了。」

　　依照分詞構句的造句3步驟，1.消去連接詞（When），2.由於

主句和從屬句的主詞相同，所以消去主詞（he），3.把saw改成分詞（seeing）。因為從屬句是「扮演副詞的角色」，所以改寫成分詞構句時最大的重點也是寫出「副詞的部分」。而分詞構句中的「副詞」就是「扣掉主句的剩餘部分」。

【例2 省略being的型態】

Since it is written in a clear style, this book is easy to understand.
　×　×{Being} Written in a clear style, this book is easy to understand. *it = this book

「因為這本的文體簡潔易懂，所以十分好讀。」

　　造句步驟與【例1】相同，但當分詞為being時，通常習慣省略，所以句首是written這個p.p.（過去分詞）。

　　將前面的部分統整起來，我們可以說分詞構句就是「由-ing或p.p.組成的一大坨副詞」。因為是「副詞」，所以是補充說明，而這就是分詞構句的作用。

●分詞構句的位置和翻譯法

　　翻閱坊間文法書中有關分詞構句的部分，會發現它們常常將分詞構句列為「時間、原因和理由、條件、讓步、附加狀況」這五種意思，並讓讀者把這些意思全部背下來。然而，分詞構句的意義是「由所在位置而決定」，所以比起背下翻譯法更應注意它在句中的位置。由於分詞構句是「一坨副詞」，而副詞在句中的「位置」非常自由，所以在句首、句中、或句尾都有可能出現。

　　當分詞構句出現在句子的「前面」或「正中間」時，翻譯時只要按

照前後的內容加上「適當的連接詞或標點符號」即可。如此一來即可抓住大概的意思。

Feeling sleepy, he took a nap.

覺得很睏，他就睡了個午覺。

因為分詞構句放在句首，所以翻譯時只要補充說明一下「覺得很睏」就可以了。硬要說的話，「他覺得很睏」屬於「原因」，但即使不刻意加上「因為」，也完全足以表達意思。另一方面，當分詞構句放在「句尾」時，則可以翻成「一邊～，一邊～」，或是直接放在句尾來補充說明。

She was sitting on the sofa watching TV.

她坐在沙發上看電視。

雖然這裡不論翻成「一邊坐在沙發上一邊看電視」或「坐在沙發上看電視」意思都通，但後者只需照著翻即可，更加簡單。因此平常基本上直接照著翻，如果翻起來不自然的話再翻成「一邊～一邊～」，相信就能應付大多數的情況。最後整理一下分詞構句的位置和翻譯方法。

1．分詞構句在主詞和動詞之前（**-ing～, S V.**）
　→加上「適當的」連接詞或標點符號即可
2．分詞構句在主詞和動詞之間（**S, -ing～, V.**）
　→加上「適當的」連接詞或標點符號即可
3．分詞構句在主句和動詞之後（**S V, -ing～.**）
　→直接放在後面或翻成「一邊～一邊～」

練習使用分詞構句

Entering the restaurant, John noticed Misa waving to him.

進入餐廳後，約翰看到米沙對他揮手。

＊John noticed Misa waving to him是主句，Entering the restaurant是「額外的副詞」＝「分詞構句」。因為放在主句「之前」，所以直接翻成「～後」即可。

Seen from above, the cars looked like toys.

從上方看，汽車就像玩具一樣。

＊the cars looked like toys是主句，Seen from above是「分詞構句」。由於being被省略了，所以是以p.p.起頭。分詞構句放在主句「之前」，因此直接加上逗點即可。

The boy stood on the top of the mountain, looking at the valley below.

那男孩站在山頂上看著下面的山谷。

＊The boy stood on the top of the mountain是主句，而looking at the valley below是分詞構句。

分詞構句放在主句「之後」，所以直接放在後面或翻成「一邊～」皆可。

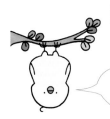

直接放在後面讀起來更通順呢。

其一　只能接不定詞的動詞，只能接動名詞的動詞

動詞中存在著後面只能接不定詞（**to**）的動詞，以及後面只能接動名詞（**-ing**）的動詞。相信很多人在學生時代都是用死背的方式去記，像是「**want / plan** 要接**to**，**enjoy / stop / finish** 要接**-ing**」吧。

不過別擔心，只要掌握這兩種動詞的核心意象：
不定詞→「積極的未來志向」
動名詞→「消極的過去志向」
就不需要死背了。
下面請試著猜猜看，這個例句應該要接不定詞，還是接動名詞吧。

「他決定住在沖繩。」
1. **He** decided to live **in Okinawa.**
2. **He** decided living **in Okinawa.**

不定詞是「積極的未來志向」
動名詞是「消極的過去志向」

p.56的正確答案是**1**「 to live」。應該用decide to～「決定要～」。以往在判斷動詞應該用不定詞還是動名詞的時候，我們大多是去死背「decide後面要接to」。然而，只要抓住前面所說的核心意象，就能輕鬆區辨不定詞和動名詞。

下面就一起來看看兩者的差異吧。

後面接不定詞的動詞（「積極的未來志向」）

to的意象是「積極的未來志向」。「to不定詞（to＋動詞原形）」和「前置詞to（to＋名詞）」兩者後接的詞類雖然不同，但本質其實是一樣的。前置詞to表示「方向、到達」的意思，有「箭頭（→）」的意象。例如I go to school.是「我→學校」的感覺。而不定詞也繼承了這個「箭頭」的意象。

I want to swim in the sea.
我想在海裡游泳。

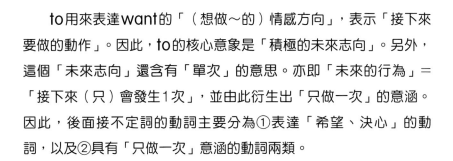

to用來表達want的「（想做～的）情感方向」，表示「接下來要做的動作」。因此，to的核心意象是「積極的未來志向」。另外，這個「未來志向」還含有「單次」的意思。亦即「未來的行為」＝「接下來（只）會發生1次」，並由此衍生出「只做一次」的意涵。因此，後面接不定詞的動詞主要分為①表達「希望、決心」的動詞，以及②具有「只做一次」意涵的動詞兩類。

【後接不定詞的動詞】

①表達「希望、決心」

want to ～「想做～」

hope to ～「希望做～」

plan to ～「計畫做～」

decide to ～「決定做」

try to ～「嘗試做～」

manage to ～「設法做～」

learn to ～「學著去做～」

refuse to ～「拒絕做～」

hesitate to ～「猶豫去做～」

fail to ～「沒有做～」

*refuse to～「拒絕做～」、hesitate to～「猶豫去做～」、fail to～「沒有做～」這三者可能比較沒有「希望、決心」等積極的意象，而是否定的意象。然而，如果只關注核心意象「積極的未來志向」中的「未來志向」這四個字，應該就能理解了。

②具有「只做一次」的涵義

happen to ～「偶然做～」

seem to ～「像是～」

pretend to ～「假裝做～」

例）

I happened to buy the book at that store.

我偶然在那間店買了那本書。

*平常都在另一家店買，但「這次偶然選在那一間店買了」的「單次」意象。

後面接動名詞的動詞（「消極的未來志向」）

另一方面，動名詞的核心意象則與不定詞相反。換言之，「to不定詞是積極的⇔動名詞是消極的（中斷、逃避）」、「to是只做一次⇔動名詞是反覆去做」。因此，具有「中斷、逃避、反覆」意象的動詞後面要接-ing，只要這樣去記就行了。

後面接動名詞的動詞主要分為①「中斷」、②「逃避」、③「反覆」這三種意象的動詞。

【後接動名詞的動詞】

①「中斷」的意象

stop / give up「放棄」　　　　finish「結束」

②「逃避」的意象

avoid / escape / help「躲避」　　miss「錯過」

例）

I couldn't help laughing.

我忍不住大笑。

＊help有「躲避」的意思，can't help -ing則是「無法避免去做～」，也就是「忍不住去做～」的意思。

③「反覆」的意象

practice「練習」

enjoy「享受」　＊「不斷反覆享受」

be used to -ing「習慣去做～」

mind「介意」　＊「在腦中反覆去想討厭的事」

consider「考慮」　＊「不斷反覆思考」

look forward to -ing「期待～」

2

助動詞（一）

在英語的世界，其實助動詞的存在
比be動詞和一般動詞更有分量。
在Part 2，
我們要介紹will、would、can等
大家生活中
「超」常出現的助動詞。

助動詞會分成Part 2
和Part 3兩章來講喔。

will　p.62

核心意象是

「100%一定會做～」

would　p.68

核心意象是

「當時100%一定做到～」

can　p.72

核心意象是

「隨時會發生」

could　p.78

核心意象是

「說不定……」

shall　p.82

核心意象是

「注定、神的旨意」

should　p.86

核心意象是

「照理說應該」

will

will是未來式的名人，用來表達「100%一定會做～」的強烈意志。只要知道這點，就能輕鬆理解如「推測」、「習慣習性」等其他意義。

曾發下豪語「我的字典中沒有『打算』這個字，只有『100%一定會做』」的領袖型經營者。雖然很有才幹，卻是個機械白痴，三不五時就在辦公室內大吼「我的電腦打不開！」。興趣是唱卡拉OK。具有只要一拿起麥克風就100%不會放開的習性。

我會在明年前替所有人加薪一倍！！

嘿～，真的假的～？

我會100%實現諾言！*
我這個人從不說謊。

哦哦—

騷動　驚

驚

前輩、前輩，社長他……

啊，我敢保證那個100%是騙人的。

只要活著就會發生好事呢

3年前我剛進來時他也說過一樣的話。

我敢保證那個社長3年後還會再說一次一樣的話。

哎

啪哩啪哩

* 參照p.64「意志」

核心意象是「100%一定會做～」

助動詞will大多被解釋成「打算做～」、「大概會做～」，因此很多人會感覺這個詞的意志性比較弱。但實際上will是一個表達「100％一定會做～」的強烈意志的助動詞。而接下來要介紹的4種意義和用法也都基於這個核心意象。

❶ 表示意志「打算做～」

首先要認識的是表達「意志」的用法。若只看「打算做～」這個譯語，可能會覺得這是一個比較弱的意向，但其實這卻是一個表達「絕對要做～！」的強烈意志。

這點也可以從字典得到証明。查看字典上will的「名詞」項目，你應該會看到以下幾種意思。

【名詞will】
①意志　②決意　③命令　④遺言

不論何者都表達了「意志的堅決」對吧。①～③應該很容易理解，而④也同樣只要用「（死後）希望這麼做！」這個故人的強烈意志來思考，相信也能順利地理解才對。

由此可知，will這個名詞原本就具有「強烈意志」的意像，當助動詞的時候也一樣，同樣用來表達「意向的強烈」。

I will go to Vietnam in March.

我3月（絕對）會去越南。

這裡的will並非「我有點想去〜」，而是表達「（至少在說話的瞬間）我絕對要去越南！」的強烈意志。

❷ 表示推測「應該會做〜」

will也有表示「應該會做〜」的「推測」用法，但這個「推測」只能用在「100％有信心」的時候。用來表達雖然沒有客觀證據，但「至少我深深相信」的強烈信念。

He will pass the examination.

他一定會通過考試。

這句話用來表達說話者不管其他人怎麼想，都相信「他一定會通過！」的信念。而不是由客觀數據得出的判斷。

❸ 表示習慣、習性「有做〜的習慣、習性」

聽到will有「習慣、習性」的意思，有的人第一時間可能會有點摸不著頭緒。但只要用「100％一定會做〜」的核心意義來想，就能輕鬆理解了。

Oil will float on water if you pour it in very slowly.

如果你慢慢把油倒進水裡，油會浮在水上。

這句話直譯就是「油100％會浮在水上」，並由此衍生為「油具有浮在水上的<性質>」而已。所謂的「習慣、習性」，換句話說就是「絕對會這樣」對吧。

❹（否定句中）表示拒絕「絕對不會做～」

最後是will在否定句中的用法。在否定句中，will用來表達「100%一定不會做～」→「絕對不做、無論如何都不想～」的強烈「拒絕」之意。

The computer won't boot.

電腦怎樣都打不開。

boot是「啟動」的意思。也就是「電腦100%不啟動」→「電腦怎樣都打不開」的意思。

諸如上述，只要抓住will具有「100%絕對會做～」的核心概念，即便是看似複雜的用法，也能夠輕鬆理解。

征服will的訣竅就是把will的意義從「大概會做～」更新為「100%一定會做～」。

這麼做就能一口氣理解各種不同用法呢。

練習使用will

【意志「打算做～」】

I will leave at 4:30 today.

我打算今天4:30出發。

*表達「今天絕對要在4:30出發！」的強烈意志。但這只是表達至少在說話的當下說話者這麼想，實際上也有可能未成真。

【推測「應該會做～」】

The cookies will be done in 5 minutes.

* in ＝ ～後

餅乾應該再5分鐘就烤好了。

*在自信滿滿地相信「餅乾快烤好了！」時使用的表現。由於沒有客觀明確的根據，所以未成真的可能性也很高。

【習慣、習性「有做～的習慣、習性」】

He will sing for hours, if you let him.

如果你不制止的話，他會唱上好幾小時。

*「他100%會唱」，代表他具有這種習性。此句描述的就是那種唱卡拉OK時總是霸佔麥克風不放的人。

【（否定句中）拒絕「絕對不會做～」】

The door won't open.

這扇門怎樣都打不開。

*「門100%絕對不開」→「門怎樣都打不開」的意思。

would

would不用說大家都知道是will的過去式。因此它的核心意象就是will「100%一定會做～」的過去式「當時100%一定做到～」，只要這樣想就OK了。

一邊侍奉婆婆，一邊在外工作，一邊將兩個兒子養育成人，並以此為傲的美代子。成天把「我當年可是100%一定做到喔」掛在嘴上，炫耀自己的往日榮光。興趣是跳草裙舞。年輕時經常去舞蹈教室學舞，但因為從來不聽老師的話，所以現在跳得並不好。

哎呀～美咲，這桌微波食品是怎麼回事呢？

因為工作太忙了……。

我以前也一樣在外工作，但家事可是從未懈怠過喔。

100% 一定做好！

咄咄

逼人

壓

在胡說什麼呀！妳以前才不是那樣！

妳說什麼

而且每次唸妳，妳都一定會找藉口*

不管什麼事都不肯照我說的去做*

婆婆!?

我100%支持奶奶大人！

啊─啊 這杯茶也是─籤─

泡得真難喝

* 參照 p.70「過去的習慣」、「過去的拒絕」

核心意象是「當時100%一定做到～」

would有一種用法叫「過去的習慣、過去的拒絕」，只要抓住would的核心意象「當時100%一定做到～」來想，就能輕易理解。

在英文的世界，只要看到像would這種「助動詞的過去式」，一定要馬上想到「假定句」。不過本書的「假定句」已在Part 1（p.36）介紹過了，因此本節讓我們來看看假定句以外的用法。

❶ 表達過去的習慣「以前經常做～」

We would often go to karaoke after school.

我們以前放學後經常去唱卡拉OK。

如果拿掉例句中的often，變成We would go to karaoke after school.的話，意思就變成「以前我們放學後一定會去唱卡拉OK」。但「一年365天都去卡拉OK」太不現實了，所以才在would後面加一個often，軟化「100%一定」的語氣。這種在助動詞would後面加often或sometimes的would often或would sometimes句型常常用到，用來表達「以前經常做～」的意思。

❷ （否定句中）表達過去的拒絕「無論如何都不會做～」

will的否定型有「拒絕」的意思，而過去式would也一樣，用在否定句中就是「當時100%一定不會做～」→「無論如何都不會做～」，具有拒絕的意思。

She wouldn't say "I'm sorry."

無論如何她都不肯說『對不起』。

從「當時她100%一定不會說『對不起』」衍伸為「無論如何都不肯說『對不起』」的拒絕之意。

練習使用would

【過去的習慣「以前經常做～」】

She would often play the piano when she was a child.

小時候，她常常彈鋼琴。

＊在表示「100%一定做」的would後面加often，就是「以前經常做～」的意思。

【（否定句中）過去的拒絕「無論如何都不肯～」】

She wouldn't listen to me.

她無論如何都不肯聽我的話。

＊「當時她100%一定不聽我的話」→「她無論如何都不肯聽我的話」。

can

can除了「做得到」這個意思外，還有一個同樣重要的字義是「可能發生」。兩者看似沒有共通點，但如果從核心意象「隨時會發生」來看，就能輕鬆理解。

姊小路家的次子。雖然看似腦袋空空，但「這位少年的體內潛藏著無限的可能性」（by媽媽）。即使學校和補習班的老師都告訴他「不可能」，少年也當成耳邊風。究竟這位少年真的是只要想做就會成功的類型嗎……？（→接漫畫）

我家兒子體內潛藏著巨大潛力喔。

哎，這孩子？

他在流鼻水耶……

我兒子可是只要想做就會成功的人啊！*

不可能，It can't be.*

怒

噗

不可能這件事才是不可能！就算是能令全世界為之震撼的偉業……

隆隆隆隆隆

哇

搖晃搖晃搖晃

哇

該、該不會！

什麼嘛，原來是在跑步。

咚咚咚咚咚

補習班

馬拉松大會

噗嘻—

* 參照p.74「能力」、p.75「推測」

核心意象是「隨時會發生」

can 除了所有人都知道的「做得到」（能力）這個意思外，還有「可能發生」（推測）這個意思也非常重要。理解了「可能發生」這個意思，就能理解 it can't be.「那不可能」之類的英文表現。下面就讓我們以核心意象「隨時會發生」為基礎，來看看 can 的各種用法吧。

❶ 表達能力「做得到～」

首先讓我們用核心意象「隨時會發生」來思考看看已經幾乎是常識的「做得到」這個意思吧。原始意思是「該行為隨時會發生」，後來演變為「（只要有人要求就）做得到～」。換言之，是用來表達「只要想做，就做得到」。

He can do it if he tries.
他只要想做就做得到。

例句中的 it「泛指所指的事情或狀態」。直譯就是「他只要實際去做（try），就隨時可以做到那件事」，並衍生為「只要認真去做就能做到」。是一句用來表達「想做就做得到」的英文。

而下面要介紹的❷許可「～也無妨」和❸委託「可以替我～嗎？」也是從這個「能力」的意思衍生而來的。

❷ 表達許可「～也無妨」

❶「能力」又可由「（想做的話就）做得到」衍生出「～也無妨」，也就是「許可」的意思。

Can I **take a picture of your dog?**

我可以拍你的狗嗎？

　　「我能夠拍照嗎？」→「我可以拍照嗎？」的意思。順帶一提，其他徵求同意的說法還有用助動詞 may（p.98）的 May I～？。May I～？是比較「禮貌」的說法，而 Can I～？聽起來則比較「口語」。

❸ 表達委託「可以替我～嗎？」

　　從「能力（做得到～）」衍生出來的另一種用法則是用於疑問句中的「委託」。也就是「做得到～嗎？」→「（做得到的話）可以替我～嗎？」。這跟❷「許可」一樣，在日常會話中常常用到。

Can you **help me with these bags?**

你可以幫我提這些包包嗎？

　　「你有能力幫我提包包嗎？」→「你可以幫我提包包嗎？」。順帶一提 "help 人 with 物" 是「幫忙 人 搬運 物」的意思。

❹ 表達推測「可能發生」

　　另一個跟大家熟悉的「做得到」一樣重要的意思，則是表達推測的「可能發生」。這個意思是由「（那種情況）隨時會發生」演變成「可能發生」的。讓我們看看下面的例句吧。

Accidents **can happen.**

意外有可能發生。

「『出意外』這件事隨時會發生」→「意外有可能發生」。此句中表達「可能發生」的can若用在疑問句中，則是用來表達「～真的有可能發生嗎？」的「強烈疑問」。

Can it be true?

那是真的嗎？

「那件事成真的情況隨時會發生嗎？」→「那是真的嗎？」。除此之外，表示「可能發生」的can若用在否定句中則表達「～不可能發生」的「強烈否定」之意。

It can't be true.

那不可能是真的。

「那件事成真的情況無論何時都不會發生」→「不可能是真的、不可能發生」。

It can't be true.在現實會話中
常省略true簡略成It can't be.。
這句話有「那種事不可能發生」的含義，
是電影中經常聽得到的台詞。

練習使用can

【能力「～做得到」】

Cheetahs can run very fast.

獵豹能用超高速奔跑。

＊「獵豹用高速奔跑的狀況隨時會發生」→「獵豹有能力用高速奔跑」。

【許可「～也無妨」】

Can I borrow your phone?

我可以借電話嗎？

＊「我能夠借電話嗎？」→「我可以借嗎？」。

【推測「可能發生」】

He cannot be a scholar.

他不可能成為學者。

＊「他成為學者的情況無論何時都不可能發生」→「他不可能成為學者」。

表達「不可能」的時候，
後面通常接be。

只要看到「cannot be」這種表現，
就要聯想到「不可能」。

could

「助動詞的過去式」原則上用來表達「假定」（p.36）。因此，could的核心意象就是在can的核心「隨時會發生」上加上假定句的意涵。

發明家。口頭禪是「說不定……」，節儉刻苦40年。今天也同樣一邊碎碎念著「說不定……」一邊埋頭做研究。夢想是發明能變成帥哥的藥，讓老婆重新愛上自己。對於年輕時跑得很快這件事頗為自豪。

核心意象是「說不定……」

could通常是當「（說不定）可能會發生」的意思來用，反而極少當我們熟悉的「做得到～」的過去式來用。只要記住「（說不定）有可能做～」這個用法，便可輕鬆理解日常會話中常出現的Could be.「也許吧」這個表現。

❶ 表達委婉語氣「（說不定）可能會發生」

can的核心意象是「隨時為發生」，並由此衍生出「推測（可能發生）」的意思。而could則是在此之上再加上「說不定、也許」等假定的含義，變成「（說不定）可能會發生」的意思。

Could be. 也許吧。

這是日常會話中經常使用的表現，原本完整的說法應該是It could be true.「那說不定是真的」。而在口語中為了方便省略掉了It和true，就變成了Could be.「也許吧／大概吧」。很多書上都把Could be.當成一種慣用表現來教，但其實只要從could本來的意思來思考，就能清楚理解為什麼could和be會是這個意思了。

❷ 表達過去的能力「曾經做得到～」

could也可以表達「曾經做得到～」的意思，但使用時通常隱含了「以前<u>想做的話</u>就做得到」的假設性含義。

He could run fast when he was young.

他年輕時可以跑得很快。

意思是「以前想跑的話可以跑得很快」。順帶一提，如果是想在僅此一次的行為中表達「實際上嘗試並做到了」的話，則不能用could，而要用同樣表示「曾經做得到～」之意的was〔were〕able to～，寫成I was able to get the tickets!（我本來可以弄到那張票的！）。

練習使用could

【委婉語氣「（說不定）有可能發生」】

She could be in her office.

她（也許）在辦公室也說不定。

＊could是在表示「推測（可能發生）」的can語意上再加上「說不定」的假設性含義。這裡的be動詞是表示「存在」。

【委婉語氣「（說不定）有可能發生」】

What she said could be important.

她上次說的話或許很重要。

＊could是「（說不定）有可能發生」的意思。這裡的What是「關係代名詞」，What she said「她上次說的話」整個是一個名詞。

【過去的能力「曾經做得到～」】

He could play shogi at the age of five.

他在五歲時就會下將棋了。

＊「想下的話就有能力下將棋」的意思。表達「過去的能力」。

shall

shall的核心意象是「注定、神的旨意」。只要記住這點，就能掌握shall的原生含義，且對理解should（p.86）的意思也非常有幫助。

上帝。因為神的旨意而擁有絕對的力量（廢話）。興趣是讀書。讀過所有跟聖經、法律、契約有關的書籍。儘管性格很死腦筋，卻又很有服務精神，常常詢問世人「Shall I open the window？」，到處關心照顧人類。

核心意象是「注定、神的旨意」

　　以前的教科書都把shall解釋為「比表達『100％一定會做～』的強烈意志的will意志更強的用法」。然而，shall的核心意象其實是「注定、神的旨意」。

❶ 表達強烈決心

　　shall原本是用來表達「注定、神的旨意」（在聖經中常常用到這個字）。意思相同的助動詞will雖然也是用來表達「100％一定會做～」的強烈意志，但由於shall屬於「出於神的旨意而絕對必須做」，所以決心又比will更強。

I shall return.
我一定會回來。

　　這是第二次世界大戰時，麥克阿瑟在菲律賓輸給日本，不得不撤退時留下的名言。因為shall是表達「注定、神的旨意」，所以這句話隱含了「我注定要再回來這裡，這是上天的旨意」的強烈決心（實際上麥克阿瑟也的確重振旗鼓，帶領美軍打贏了戰爭）。另外，因為shall具有「注定、神的旨意」的意象，所以除了聖經之外，也常常在法律、規定、合約等正式文書中出現。

❷ 表達提議「要不要做～？」

　　shall也可以用來表達提議「要不要做～？」的意思。由於shall有誇飾內容的效果，所以在日常會話中基本不會使用，只有Shall I～？／Shall we～？「要不要做～？」這個固定用法是例外，生活中經常會用

到它。

Shall I open the window?
要我把窗戶打開嗎？

這原本是「做〜是注定的嗎？」的意思。由此衍生出「（如果是注定的話）要不要做〜？」之意。這個用法已完全融入英文的日常會話中，所以沒有誇飾的作用，只是普通的「提議表現」。

練習使用shall

【強烈決心】

I shall never forget your kindness.

我絕對不會忘記這份恩情。

*原始意象是「命運註定我絕對不會忘記你親切的善舉」。表達比will更強烈的決心。

【提議「要不要做〜？」】

Shall I pick you up at 6?

要我6點來接你嗎？

*Shall I〜？「要不要（我為你）做〜？」的提議表現。pick up原本是「撿（pick）起（up）」之意，並由「用車子撿起人」演變為「開車接人」的意思。

should

should 具有「應該去做～」和「～才對」兩種意思。不過，如果用核心意象「照理說應該」來想，就不需要分別去背兩種意思。

預言家。中心信條是「依照神的旨意，人類照理說應該～」，並致力教導世人去做「應做之事」。性格爽朗率直，會委婉地建議他人「應該～比較好」。然而卻經常被世人誤解為是「應該～才對」的高壓忠告。

* 參照 p.88「義務、忠告」

核心意象是「照理說應該」

理解should的關鍵，是「shall的核心意象」和「助動詞過去式」這兩點。shall的核心意象是「注定、神的旨意」（p.82）。而should是shall的過去式，所以should也隱含有「注定、神的旨意」之意。然而，因為should是助動詞的過去式，所以也混有「假定（如果～的話）」的意蘊。因此，其核心意象是「如果遵從命運或神的旨意，那就應該～」→「照理說應該」。這點用在「行動」上就是「應該去做～」，用在「狀況」上就是「～才對」的意思。

❶ 表達義務、忠告「（照理說）應該做～」

「照理說應該」→「（照理說）應該做～、～比較好」。單看「應該做～」這個翻譯可能會讓人感覺語氣有點嚴厲，但它的意思其實是「最好～比較好」，語氣相對比較委婉。舉例可看下面句子。

You should climb Mt. Fuji at least once in your life.

你這輩子應該爬一次富士山。

❷ 表達推測「（理應）～才對」

「照理說應該～」→「（理應）～才對」。例如He should be home.（他應該在家才對）這句話，只要想成「照理說他應該在家」→「他理應在家才對」就行了。

練習使用should

【義務、忠告「（照理說）應該做～」】

You should try sushi.

你應該嚐嚐看壽司。

＊「照理說應該～」→「應該做～、～比較好」。由此可見，should也可以用來向人「推薦」某事某物，是很方便的助動詞。

【義務、忠告「（照理說）應該做～」】

Oh, it's already 7 o'clock. I should leave now.

哇，已經7點了。我該走了。

＊例句中的should是用於「自己的行動」。因此是「我應該做～、做～比較好」。

【推測「（理應）～才對」】

It should be all right.

應該沒問題才對。

＊「照理說應該沒問題」→「應該沒問題才對」。

Should也含有「理應」的意思。

所以常常在說話者很有自信時使用。

Part 3

助動詞（二）

本章要介紹助動詞和使用助動詞的
文法表現「助動詞have p.p.」。
儘管多數助動詞都是
用來表示說話者的預想，
但「助動詞have p.p.」卻是用來
表現對過去的看法和感受。

只要搞懂「助動詞have p.p.」，
英文會話能力也會更上層樓……?!

must p.92

核心意象是

「（在某種壓力下）
想不到其他選項！」

may p.98

核心意象是

「（推薦程度、
預測機率為）50%」

used to ~ p.104

核心意象是

「（以前雖然是～）
但現在不一樣！」

助動詞
have p.p. p.110

核心意象是

「對過去的感想」

must

must的核心意象是「（在某種壓力下）想不到其他選項！」。具有「不可或缺之物、必需品」含義的新興單字「must-have item」其實也是源自這個意象。

must-have item的代表——手機小弟。認為在各種現代裝置中，智慧型手機乃是最優秀的產品，自戀到相信「這世界沒有我就無法存在！」。喜歡向其他人推薦各種事物。口頭禪是「You must～.」。

核心意象是「（在某種壓力下）想不到其他選項！」

　　must 有「必須～」和「肯定是～」這兩個重要的含義，但這兩個意思其實都有「（在某種壓力下）想不到其他選項！」的共通感受。用來表達「不可或缺之物、必需品」意義的單字「must-have item」，也是指在絞盡腦汁後，「沒有其他選擇，八成只能這麼做了！」的意象。下面就讓我們依照這個思路，來看看 must 的各種用法吧。

❶ 表達義務「必須～」

　　首先是最有代表性的用法「義務（必須～）」。這個「必須～」的意義延伸自「想不到其他行動。已經只能這麼做了！」的想法和情緒。

You must apologize to her.

你必須向她道歉。

　　「除了道歉之外想不到其他行動」→「必須道歉」。

❷ 表達推薦「請務必～看看」

　　must 也常因「想不到其他選項！」的含義，而被用在強烈想向對方推薦某事某物的時候。順帶一提，如果用 may 的話，則「推薦程度只有 50%」（ p.98 ）。

　　一般來說，在對他人推薦某物時通常會用比較謙遜的語氣，如「不知道合不合您的口味」；但在英語圈，在對他人推薦某種食物或好的行動時常常是出於「請務必～看看」的情感，所以會用 must。順帶一提，這就跟日本年輕女性常說的「絕對、很推」感覺很類似。

You **must try** sashimi.

請務必吃吃看生魚片。

這句話並沒有「不吃不行」的「強制」或「命令」的涵義，而是「請務必吃吃看（你一定會喜歡）」和「不吃就太虧了」的語氣。

英語圈中存在「覺得好的東西就要全力推薦給對方」的觀念。

以後遇到好東西，就請用 "You must～" 來積極推薦給其他人吧！

❸ 表達推測「肯定是～」

接著來看看跟「必須～」同樣重要的「推測（肯定是～）」用法。這個用法也是從「想不到其他可能性。只能這麼想了」→「肯定是～」而來的。

She **must be** one of the greatest artists of her generation.

她肯定是同世代中最出色的藝術家之一。

「想不到她是最出色的藝術家之一以外的可能性」→「她肯定是最出色的藝術家之一」。

　　順帶一提，一如例句，表達「肯定是～」意義的must常常用「must be～」的形式。

❹（否定句中）表達禁止「不可以～」

　　最後是must的否定句。must的否定句是「不可以～」和「禁止」的意思。

You must not stay out past 11 p.m.

你不可以在晚上11點過後外出。

　　一如上句用法，在想強烈禁止某事某物時可以使用must的否定句。

練習使用must

【義務「必須～」】

We must work harder to protect our customers' data.

我們必須更努力保護客戶的資料。

＊「想不到更努力以外的選項」→「必須更努力」。

【推薦「請務必～看看」】

You must try this pancake. It's so delicious.

請務必嚐嚐看這塊鬆餅。非常好吃喔。

＊出於「務必吃吃看！」這個想法的must。在女性間的對話中，是不是常常出現類似的情境呢。

【推測「肯定是～」】

You look very pale. You must be sick.

你的臉色很蒼白。一定是生病了。

＊「想不到生病以外的可能性。」→「肯定是生病」。

【（否定句中）禁止「不可以～」】

You must not judge people
by their appearance.

不可以從外表來評判一個人。

＊因為是must not的句型，所以表示「禁止」。

> 順帶一提這裡的you是「總稱」，
> 意思是「人（所有人）」。

may

may的意思有「～也可以」、「也許～」，總得來說就是「推薦度」和「預測機率」為「50%」。只要記住這點，就能清楚抓住may的語境。

上班族的裕太。口頭禪是「～也可以喔」、「也許～呢」，每天吊兒郎當地度日。但在上司面前卻總是畢恭畢敬地說「May I～？」。也許他其實是個非常擅於處世之道的人。

＊ 參照p.100「許可」、p.101「推測」、「會話中常用的May I～？」

99

核心意象是 「（推薦程度、預測機率為）50%」

相信很多人都看過may被翻譯為「～也可以」或「也許～」等意思吧。

不過，只是死背硬記這種翻譯法，是無法精通may的用法的。

關鍵是要了解may用來表示推薦度的「～也可以」，以及表示預測機率的「也許～」，其程度都是50%。只要確實掌握這個核心意義，就能抓住may的本質。

❶ 表達許可「～也可以」

首先是表達「許可（～也可以）」的may。一如上述，may的核心意象是50%。換句話說即是「可以做～，也可以不做～」這種馬虎敷衍的態度。

You may read this book.

你可以讀這本書。

這句話表達是「可以讀，也可以不讀」這種「推薦度50%」的感覺。順帶一提，如果是要表達「務必讀讀看！」，想強力推薦給對方的話，則會用must（p.92）。

另外，「允許」這個行為只有在說話者的權力高於聆聽者時才成立。所以表達許可意義的may不可對階級高於自己的人說。因為推薦度只有50%，所以到底要做還是不做是丟給聆聽者決定，但請記住表示「許可」的may會給人一種被俯視的感覺。

在坊間的文法書上常寫「表示許可的 may 不可用於位階比自己高的對象」。

❷ 推測「也許～」

接著是表達「推測（也許～）」含義的may。這同樣也是在「預測機率50%」的時候使用。例如It may rain tomorrow.翻作「明天也許會下雨」，而此句話中的降雨機率大約是50%的感覺。

中文的「也許」在發生機率高和發生機率低的時候都可以用，但英文的may只在機率各半時才能用。當然因為只是主觀感受，所以不一定要剛好50%，在有40%或60%把握的時候用也無妨。不過，基本上只會用在「可能會下雨，也可能不會下雨」這種感覺上機率各半的場合。

❸ 會話中常用的 May I～？

前面我們說到表達「許可」的may聽起來會有點高高在上的感覺。但如果是用在疑問句中，則會反過來變成卑躬屈膝的語氣。

在英文會話中常常使用May I～？「我可以～嗎？」的句型，這個句型是將may變成疑問句，用來表達「請問可以允許我做～嗎？如果可以的話請允許」的謙遜表現，在語氣上十分禮貌。

May I have your name , please?

請問可以告訴我你的名字嗎？

這是一種想詢問對方姓名時非常禮貌的表達方式。換成中文的話，語感大概就是「如果您不介意的話，方便告訴我您叫什麼名字嗎」。而

如果想讓語氣更輕鬆隨興一點，則可以用Can I～？，這是更俚語點的說法。

當對方用may詢問問題時，我們也要留意回答的方式。若順著「對方用may發問，我方也用may回答」的邏輯，回答Yes, you may.／No, you may not.的話，聽起來會讓人感覺非常傲慢。所以遇到這種情況時，請用下面的方式回應對方。

想表達同意或肯定時
Sure. ／Yes, of course.
「當然可以。」

想表達拒絕或否定時
I'm sorry, but you can't. ／I'm afraid not.
「不好意思，你不能那麼做。」

練習使用may

【許可「～也可以」】

You may go if you wish.

你想去也可以。

*「去或不去都可以」，推薦度「50%」。If you wish「你希望的話」有強調兩者都可以的意思。

【推測「也許～」】

I may be home late today.

我今天可能會晚點回家。

*晚回家的機率和準時為家的機率各二分之一的感覺。也就是「可能會晚點回去，也可能不會」的意思。

【會話中常用的May I～？】

May I ask you a question?

我可以問個問題嗎？

*因為是用May I～？來詢問，所以在對方聽起來我方的語氣比較委婉謙遜。

去外國旅遊，遇到不懂的事情時，就可以用這句話求助。

在聽到對方回答Sure.（當然可以）等回應後，就可以開始詢問具體的問題了。

used to~

ued to~是一種用來表達「過去的習慣（以前經常~）」的用法。但要注意該用法描述的習慣純粹是過去的事，有強調「現在不一樣了」的涵義。

老子叫庄司，雖然以前很放蕩不羈，但現在每天都為了養家活口認真工作。打架？哼，老子以前可是從來沒輸過喔。老子以前可是有專屬的跑腿小弟，從來沒有自己去買過午餐呢。啊，不過現在換我當老婆的跑腿了。吵架也屢戰屢敗。咕……已經今非昔比了啊。

used to～跟would（p.68）一樣，都能用來表達「過去的習慣（以前經常～）」。不過這兩者看似一樣，實則不同。used to～跟would的差別在於「主觀vs.客觀」。請用這兩個關鍵字來記住這兩者的差異。

在此之前，我們先簡單複習一下would當「過去的習慣（以前經常～）」時的用法。

She would often go to the amusement park when she was a child.

她小時候常去那間遊樂園玩。

would的核心意象是「當時100%一定做到～」，且實際上就像上面的例句經常以would often的句型出現（p.70）。而used to～也有跟這裡的would一樣的用法。但一如上述，這兩者的用法看似相同，但其實意義完全不一樣。

那麼，從這裡開始，讓我們來認識used to～的意思和用法吧。

❶ 表示過去的習慣「以前經常做～」

首先，used to～和would一樣可用來表達「過去的習慣（以前經常做～）」。

My father used to run twice a week, but now seldom runs at all.

以前我爸爸每週都會練跑兩次，但現在已經很少練跑了。

used to～含有「以前曾這麼做／曾是這樣，但現在不是了」的意思，所以跟would的「過去習慣」不一樣，通常用在要強調「以前雖然會練跑，但現在沒有在練跑」的情境。

❷表示過去的狀態「以前曾經是～」

除了「過去的習慣」外，used to～也可以表達「過去的狀態（以前曾經是～）」（would沒有此用法）。

There used to be a big castle on that hill.

以前那座山丘上有座巨大的城堡。

上面的例句是描述「以前那座山丘上有座大城堡（但現在沒有）」的「過去狀態」。順帶一提，我們可以用後面接的動詞來區辨「以前經常做～（過去的習慣）」和「以前曾經是～（過去的狀態）」。假如是描述「過去的狀態」，則used to～的後面會接「狀態動詞」（p.24）。

所謂的狀態動詞就是
「無法每5秒中斷、繼續，
不可寫成進行式」的動詞。

不可寫成「現在進行式」的
動詞有know、love、like等等。

would和used to～的異同之處整理如下。

【would vs. used to～】

	would	used to ～
過去的習慣「以前經常做～」	○（不規律的習慣）	○（規律的習慣）
過去的狀態「以前曾經是～」	×	○
過去與現在的「對比」	×	○

would屬於「主觀」的表現。因為助動詞都是用來表達「打算做～（will）」和「也許會做～（may）」等「自己的想法（＝主觀）」的詞彙。而由於would也是「主觀的」，所以是用來表達依照當下心情可能做也可能不做的「不規律的習慣」。且因為有主觀情緒，所以含有較強的「以前經常～呢」的感慨成分。

相對地，used to～屬於「客觀」的表現。因此是用來表達「每週固定兩次」這種「規律的習慣」。且客觀的used to～也能用來表達「（客觀地）比較過去和現在」。例如「以前常常做，但現在不做了」這種文意就只能用used to～。因為主觀的would不能用在「客觀對比」。

練習使用used to～

【過去的習慣「以前經常做～」】

Masato used to watch TV every night.

雅人以前每晚都會看電視。

＊used to～的後面接的是watch這個「動作動詞」（p.24），因此是表達「過去的習慣」。used to～屬於「客觀」表現，所以還含有「現在不會看了」的意思。

【過去的狀態「以前曾經是～」】

Shoji and Tomonori used to be good friends.

庄司和友則以前曾是好朋友。

＊used to～後面接的是「狀態動詞」，所以是表達「過去的狀態」。且含有「以前曾是好友，但<u>現在已經不是好友了</u>」的意思。這就是used to～的特徵。

【過去的狀態「以前曾經是～」】

There used to be a fish market in Tsukiji.

築地以前曾有座魚市。

＊used to～後面接的是be這個「狀態動詞」，所以是表達「過去的狀態」。具有「以前築地曾有個市場，但<u>現在已經沒有了</u>」的含義，與現實相符對吧。

助動詞 have p.p.

核心意象是「對過去的感想」

看到馬路上濕漉漉的，想表達「剛剛可能下過雨」時，可以說 It may have rained.。這裡的 "助動詞have p.p." 的句型，是用來表達對過去的感想。

自稱偵探的工藤先生。喜歡回想過去的記憶，反覆推理「當時可能是～」、「當時肯定是～」。活用天生的推理能力，幾年前開始經營偵探業。但因為性格悲觀，所以事後常常懊悔「早知道當初就不該這麼做」。今天也深陷在後悔的情緒中。

「多管閒事」之卷

我之前不小心弄丟了最喜歡的包包。

兔兔子小姐昨天曾去過居酒屋，說不定是忘在那裡了。＊

那真是太糟糕了

請等一等，兔兔子小姐！

不好意思

居酒屋 大口喝酒

果然是忘在居酒屋了。這下兔兔子小姐應該會很高興吧～

親

Hermes

Hermes

我根本不需要你幫我找回來啦！！＊

為什麼

啊～，早知道就不去找了。

能再買一個給我嗎～～

百貨公司

＊ 參照p.112「對過去的預想」、p.113「對過去感到後悔（挖苦）」

核心意象是「對過去的感想」

　　過去我們看過的助動詞除了「打算做～」、「做～也無妨」等「動作類」的意義外，還有「預想類」的意思。例如will的「大概會～」、may的「也許會～」，而這些全都是在表達對「現在」或「未來」的感想。換言之即是「（以後）大概會～」、「（現在、以後）也許會～」的意思。

　　而本節介紹的「助動詞have p.p.」則是用來表達「對過去的感想」。且此感想又可分為「對過去的預想」以及「對過去感到懊悔（挖苦）」，只要搞懂了這兩者就能完全弄清「助動詞have p.p.」。

❶「對過去的預想」類

　　首先是表達「從現在回首過去的預想」的用法。直接翻譯成「（助動詞）預想的意思」+「動詞」即可。例如may have p.p.就是「可能（may）～」+動詞。下面就分別來看看（1）may、（2）must、（3）can't這三種助動詞的例句。

（1）**may have p.p.**「可能～」
　　I may have dropped my phone.

我可能弄丟了我的手機。

（2）**must have p.p.**「肯定是～」
　　You must have given me your cold.

你肯定把感冒傳染給我了。

（3）**can't have p.p.**「不可能是～」
Ryo can't have committed such a serious crime.

阿龍不可能犯下那麼嚴重的罪行。

以上全都是「從現在回首過去」的表現。

這些用法有1點要注意。那就是不能把 <u>must</u> have p.p. 翻譯成「當時必須做」，把 <u>can't</u> have p.p. 翻譯成「當時沒能做」。此類「助動詞 have p.p.」表達的是「預想」，所以 must 是「肯定是」，而 can't 是「不可能是～」的意思。

❷ 「對過去感到後悔（挖苦）」類

「助動詞 have p.p.」的另一類含義則是表達「對過去的懊悔」。如果再加上「挖苦」的意象，就更能抓住此用法的概念（但不一定具有挖苦的意思，只是一個意象而已）。

（1）**should [ought to] have p.p.**「當初就應該做～」
Russel should have tried harder.

羅素當初應該練得更勤才對。

＊should have p.p. = ought to have p.p. 這麼想即可。

（2）**need not have p.p.**「當初根本不必～」
She need not have brought a gift here.

她當初根本不用帶禮物來。

這兩句都含有「當初就應該～（懊悔）」、「當初根本不必～（懊悔）」的含義。

❸ 會話的慣用表現 should not have p.p.

should not have p.p.[ought not to have p.p.]「當初不該」。儘管很多人都認為這個文法很難懂，但此文法在會話中卻非常好用。

A We bought you a cake for your birthday.

我們替你買了一個生日蛋糕。

B Oh, you shouldn't have.

喔，你們不必破費的。

You shouldn't have.是「你其實不需要這麼做的」的意思，可在別人為自己做了某種好事時使用的慣用表現。這句話完整的版本應該是 You shouldn't have bothered.「你其實不用特地為這件事傷神」，但現實中使用時經常省略bothered。

練習使用助動詞have p.p.

【「對過去的預想」類】

This is not my umbrella. Someone must have taken mine by mistake. * by mistake ＝不小心

這不是我的傘。一定有人不小心拿錯了我的傘。

＊must have p.p.是「當時肯定是～」的意思。順帶一提，動詞take的核心意義是「拿」。並由此衍伸為「拿走」的意思。

想更了解take的人可以去看《動詞角色圖鑑》＊！

＊暫譯。原書名為《動詞キャラ図鑑》

【「對過去感到後悔（挖苦）」類】

The concert was terrific. You should have come with me. * terrific ＝美好、精彩

那場音樂會實在太精彩了。你當初應該一起來的。

＊should have p.p.是「當初應該～（但沒有）」的「挖苦」表現。

【會話的慣用表現should not have p.p.】

You should not have eaten the ice cream.

你根本不該吃那個冰淇淋。

＊should have p.p.的否定句必定用來表達「挖苦」。

其二 祈使句

聽到祈使句，很多人應該會聯想到「給我～！」的強制意象。然但實際上也有很多祈使句是普通對話時用得到的。

例如
Have a nice day.
「祝你有美好的一天」這句話對吧。

沒錯。這是因為在英文中存在著「只要是為對方利益著想就要使用祈使句」的潛規則。

除此之外，有時也有「使用祈使語氣反而更禮貌」的情況。就像助動詞 **must**（p.92）可以用來表達強烈推薦「請務必～看看」，祈使句也有同樣的用法。

祈使句的核心意象是
「無法不去做～」的心情

　　祈使句的英文叫 "the imperative mood"。imperative 是「無法避免」，mood是「心情」。換言之，「無法不去做～」的心情就是祈使句的核心意象。只要記住這點，就能輕鬆理解為什麼「為對方利益著想時要用祈使句」以及「祈使語氣反而更禮貌」了。

　　來看看具體的例句吧。譬如搭計程車告訴司機路要怎麼走時，英語通常會說Turn left at the corner.這種祈使句。之所以用祈使句，是因為不左轉的話乘客和司機都會很困擾，「無法避免」左轉這件事。因此，英語的Turn left at the corner.並沒有「下個路口給我左轉！」的這種命令語氣。

　　另一個相同的例子是飛機廣播時常聽到Fasten your seatbelt.「請繫上安全帶」。這句話也一樣，因為繫安全帶是為聽者的利益著想，所以才使用祈使句，絕對不是「給我繫上（安全帶）！」的命令語氣。

　　那麼接下來讓我們依序介紹一下祈使句的慣用表現。

◎Have a nice day. 「祝你有個美好的一天」

Have a nice day.是祝福對方有個美好一天時所用的表現。因此並沒有命令的語氣（不過應該也不會有人以為Have a nice day.是命令才對）。

◎Keep the change. 「不用找零了」

Keep the change.也同樣是為對方的利益著想。因為使用祈使句，對方會更容易留下找零的錢。假如改用助動詞may（p.98），說成You may keep the change.的話，因為「推薦程度只有50%」，所以司機反而會不知道該不該收下。因此去外國旅遊搭計程車時，請試著在付錢時爽快地說一句Keep the change.看看吧（順帶一提change是由「鈔票變成零錢」的意思演變為「找零」的）。

◎Let me introduce myself. 「容我介紹一下我自己」

　　Let me introduce myself.「容我介紹一下我自己」這句話也是，雖然很少人注意到，但這句話的動詞是原形，所以也是祈使句。由於自我介紹也是對對方有益的行為，所以使用祈使句（let常常以 "Let me 原形 "「請容我～」的句型出現）。

◎Go ahead. 「請便」

　　Go ahead.直譯就是「請『勇往直前』繼續你的行動」。可以在開會等場合中被問到「不好意思，我可以喝杯水嗎」時用來回答。由於喝水的行為對對方有益，因此這裡也會使用祈使句。

　　諸如上述，我們的生活中存在許多「因為對對方有益所以使用祈使句」的場面，而在這類場合，都應該使用祈使句。

在廣告上常常會用Visit our web site!「請參考我們的官網！」這類語句。這裡之所以使用祈使句，也是因為至少對於廣告投放者而言「這麼做對彼此都有益」。

Part 4 其他 重要文法

本章介紹冠詞和不可數名詞等6種
不起眼但十分重要的
文法項目。
只要應用核心意象和形象化角色,
就能清楚理解過去朦朧難懂的
被動式和比較級了。

英文文法意外地
有趣呢!

冠詞the和a　p.122

the的核心意象是
「共通認識」
a的核心意象是
「多中之一」

不可數名詞　p.128

核心意象是
「沒有明確形狀」

對等連接詞　p.134
and和but

核心意象是
「連接對等之物」

從屬連接詞　p.138
if、because...etc.

核心意象是
「總是跟隨主人」

被動式　p.144

核心意象是
「調換」

比較級　p.150

核心意象是
「比較時改變形狀」

冠詞
the 和 a

the的核心意象是「共通認識」
a的核心意象是「多中之一」

一般人最不擅長的英文文法之一就是區分the和a。但只要記住the的核心意象是「共通認識」，而a是「多中之一」，就能輕鬆理解了。

家喻戶曉的超級巨星。帶領一支由多名伴舞組成的舞團「星組」，在全球巡迴演唱。在日本站巡迴常被粉絲指著大叫「啊（a）！」，每次聽到都會訂正對方「是『the』！」。最大對手是人氣搖滾明星「The Sun」。

123

the的核心意象是「**共通認識**」
a的核心意象是「**多中之一**」

對一般人而言要精通冠詞很困難，在英語教育界甚至有「前置詞3年，冠詞8年」的俗語。因此本節就讓我們先搞懂定冠詞the和不定冠詞a的核心意象，並學會如何區分它們吧。學生們在學校通常都被教導「一段話中第一次出現的單字加a，第二次以後出現加the」，但請大家先忘掉那個規則。

❶ 定冠詞 **the**

the的核心意象是「共通認識」。你和我，以及旁邊無關的路人，所有人都「有共通認識」的東西就要用the。換句話說，只要是大家可以「一、二、三……」同時指出來的東西就要用the。

The sun **rises in** the east.
太陽由東方升起。

因為sun「太陽」是大家都「共通認識」的東西，所以一定是加the。因為大家都可以數完「一、二、三…」同時正確指出太陽是什麼東西。

同理，「月亮」和「地球」也是用the（the moon / the earth）。以前學校都教說這是「天體的the」，但如果從「共通認識」來思考相信會清楚。

east「東方」也是用the。因為你在路上隨便抓一個人問他「東方是哪邊？」時，相信不會有人反問你「哪個東邊？」對吧。換言之，

「方位」也是一個一定可被「共通認識」的東西，所以冠詞加 the（＝「方位的 the」）。

還有，對於「最高級」的東西也要用 the。

Mt. Fuji is the highest mountain in Japan.

富士山是日本最高的山。

提到「最～」的東西，大家通常會有一個共通的認識。所以冠詞要用 the。

❷ 不定冠詞 a

另一方面，a 是大家沒有共通的認識，用來表達該物是「多中之一」時的冠詞。下面是卡通動畫『灰姑娘』中的一句台詞，a pumpkin 表達的是「隨便哪個都行，給我一個南瓜」。

Bring me a pumpkin.

給我拿一個南瓜來。

另外 a 還可分為（1）「某一個」，（2）「相同」，（3）「伴隨～」這三種更細的意思。

（1）「某一個」

That is true in a sense.

那在某種意義上是真的。

「多中之一」→「某一個」。in a sense 原意是「從多種意義中的

其中一個來說」，並演變為「某種意義上」的意思。

（2）「相同」

Birds of a feather flock together.

物以類聚。 ＊flock ＝ 聚集

「一個」→「一種」→「同一種」。

Birds of a feather的意思是「羽毛相同的鳥（同種類的鳥）」，直譯就是「擁有同一種羽毛的鳥會聚在一起」。由此衍生「物以類聚」的意思。

（3）「每～」

I practice tennis twice a month.

我一個月練習兩次網球。

「一個的」→「一個～伴隨」。Twice a month就是「一個月伴隨兩次」之意。

練習使用冠詞

【定冠詞the】

Open the door.

請打開門。

*在說話者和聆聽者之間「對於『門』存在共通認識」的狀況下使用。不論房間內有多少扇門。

【定冠詞the】

Do you have the time?

你知道現在幾點嗎？

*the是「共通認識」，因此the time指的是「在場的所有人皆可認知的時間（共有的時間）」→「現在的時間」。所以說，Do you have the time?問的是「請問你有能得知現在時間的手段嗎（有的話請告訴我）」→「你知道現在幾點？」。

【不定冠詞a】

I go to a restaurant about once a week.

我大概每週會上餐廳一次。

*a表示「每～」。Once a week就是「一週一次」的意思。

順帶一提，每週兩次是twice a week。

每週三次是three times a week喔。

不可數名詞

「不可數名詞」即是「無法計算個數的名詞」。很多名詞都屬於不可數名詞，但只要抓住「沒有明確形狀」這個意象，即使不去背也能輕鬆知道哪些是不可數的名詞。

我有很多夢想。我想做很多工作賺多錢，去做很多快樂的事。我想吃愛吃的麵包，還想要環遊世界！雖然媽媽常罵我「別成天做抽象的白日夢，快去做功課！」，但作業明明也很抽象的說。

核心意象是「沒有明確形狀」

在英文的世界存在「可數名詞（可以計算個數的名詞）」和「不可數名詞（無法計算個數的名詞）」。東亞文化圈很喜歡計算東西，例如「1個、2本、3張、4條、5台、6人、7匹、8隻、9頭、10件⋯⋯」，語言中使用了各種單位，不論什麼東西都要拿來算算。這是因為東亞文化圈不存在「不能算」的觀念。因此，很多人不能理解到底什麼是「不可數名詞」。

不過，要用死背的方式把所有不可數名詞都背下來未免太不現實，因此這裡將介紹如何「思考」不可數名詞。

不可數名詞的核心意象是「沒有明確形狀」。由於沒有明確形狀的東西無法想像具體的形體，所以無法一個一個計算。而這種「沒有明確形狀」的東西又可細分成❶「眼睛看不見（所以沒有明確形狀）」、❷「可被任意分割（所以沒有明確形狀）」、❸「整體性名詞（所以沒有明確形狀）」三種。

❶眼睛看不見（所以沒有明確形狀）

> 資訊類：information（訊息）／news（新聞）／advice（建議）
> 作業類：work（工作）／homework（功課）／housework（家事）
> 利害類：fun（樂趣）／progress（進展）／damage（損害）

有些人可能會納悶「作業類（work／homework）」明明就能用眼睛看見不是嗎？但在英文的觀念中，實際被看見的其實是「做事的人」和「作業簿」，而「作業本身」是眼睛看不見的抽象概念。

I have a lot of work to do this week.

我這禮拜有很多工作要做。

❷ 可被任意分割（所以沒有明確形狀）

---

water（水）／sugar（糖）／bread（麵包）／chalk（粉筆）

　　有些物體不論怎麼切割都不會失去作為該物體的性質（＝可以是任意形狀），因此也算是沒有明確形狀。例如sugar可以是方糖、可以糖球、可以是粉狀，不論做成哪種形狀，性質都還是砂糖。

I put sugar in my coffee.

我在咖啡裡加糖。

❸ 整體性名詞（所以沒有明確形狀）

---

money「錢（整體）」／baggage・luggage「行李（整體）」
furniture「家具（整體）」／equipment「設備（整體）」

　　大多數的字典都把furniture翻譯成「家具」，但正確的意思其實是「家具類物品」。furniture這個字指的是包含椅子、桌子、床等各種不同家具的整體性概念。

He has a lot of furniture in his house.

他家裡有很多家具。

一如前述，furniture這個單字是包含椅子、桌子、床等「所有家具整體」的單字，所以「沒有明確形狀」，是不可數名詞。

然而，也有些名詞當某些意思用時是可數名詞，當另一些意思用時卻是不可數名詞。例如「paper」。這個字當「紙」用時「可任意切割」→「無法計算個數」，所以是「不可數名詞」。但另一方面這個字當「報告、論文、報紙」的意思時「不可任意切割」→「可以計算個數」，所以就變成「可數名詞」。

練習使用不可數名詞

【眼睛看不見（所以沒有明確形狀）】

I gathered information about the college.

我搜集了那所大學的資訊。

＊information「資訊」是「眼睛看不見」的，所以不可數。

【可任意分割（所以沒有明確形狀）】

I want to have another slice of bread.

我想再吃一片麵包。

＊bread「麵包」是「可任意分割的」，所以不可數。「一片麵包」的英文寫成a slice of bread。

【整體性名詞（所以沒有明確形狀）】

You can pick up your luggage at that counter.

你可以在那邊的櫃檯領取行李。

＊luggage是「行李的整體概念」，所以不可數。Pick up原本是「撿起」的意思。「在櫃台撿起行李」→「領取行李」。

【當「報告、論文、報紙」使用的paper】

She published three papers on immigration last year. ＊immigration＝移民

她去年發表了三篇關於移民的論文。

＊paper當「紙」時「可任意分割」→「不可數」，但當「論文」時「不可任意分割」→「可數」，因此，three papers要加表示複數的s。

對等連接詞
and 和 but

核心意象是「連接對等之物」

and 和 **but** 等「對等連接詞」，一如字面意義，具有「將兩個東西對等連接起來」的功用。乍看好像很簡單，但出乎意料地很多人在讀寫的時候會寫錯。

見人就愛，八面玲瓏的阿等。非常不專一，不論什麼事情都喜歡腳踏多條船。而且不分優劣，會平等地喜歡所有對象。今天也從早到晚數著喜歡的女孩子們的名字……。

核心意象是「**連接對等之物**」

看到I like cats and dogs.這種簡單的例句，很多人會產生「and很簡單！」的錯覺，但在看到稍微長一點英文句子時，有時卻無法正確理解它們的意思。在看到and時去思考「這個and到底是連接什麼跟什麼？」，才能正確理解連接詞的含義。

除此之外，更重要的是要有and和but這種對等連接詞是「連接兩個對等的事物」的觀念。如此一來，才能夠正確地掌握對等連接詞的核心意象「連接對等之物」。

John likes to swim, jog, and play baseball.

約翰喜歡游泳、慢跑、和打棒球。

在上面的句子中，likes to後面的swim、jog、play baseball是對等連接在一起的，這個認識非常重要。因為and是「對等連接詞」，所以一如字面意義，前後的東西是對等連接在一起的。

順帶一提，連接三件事物時，通常以"A, B, and C"的形式，把and放在第二個和第三個東西之間。

I have been to the United States, Australia, and France.

我曾去過美國、澳洲、和法國。

Have been to～「曾經去過～」的後面接了the United States、Australia、France這三個詞，且他們是平等地連在一起。

這個「連接對等事物」的概念，也同樣適用於but。

She lives in Tokyo, but I live in Saitama.

她住在東京，但我住在埼玉。

對等連接詞but前後的SV，也就是「她住在東京」和「我住在埼玉」是對等地連接在一起。

Check it! 補充知識

使用but和and時，要注意避免寫出SV. But SV.／SV. And SV.的句型。

一如上述，but和and是對等連接詞，具有「連接對等事物」的作用。因此在兩個SV沒有連在一起時，並不需要but和and。換句話說，由於SV. But SV／SV. And SV.的句子被句點切斷，所以SV和SV並不是相連的。因此，不需要對等連接詞的but或and。

He is rich, but he is not happy.
他很富有，但並不快樂。

這兩句話中間的標點符號不是句號，而是逗號，所以是相連的，可以使用but連接。然而，如果是He is rich.和He isn't happy.這兩句話並排在一起時，就不適合用but連接。在英文母語人士看來，SV. But SV.／SV. And SV.會非常奇怪，因此在「書寫」時請務必小心。

從屬連接詞
if、because...etc.

核心意象是「總是跟隨主人」

以 if 和 because 為代表的「從屬連接詞」除了「意思」之外，還要特別注意「句型」。這麼做不僅能大幅提升英文閱讀速度，對於多益考試等也很有幫助。

我想我大概是一個不依附他人就無法活下去的人吧？所以我沒有女朋友的經歷是0年。我這輩子一直都是依附著他人而活的。雖然大家都叫我「小白臉」，但想當一個成功的小白臉，時機、條件、原因非常重要喔。記住我說的話吧，因為……。

「沒有你活不下去」之卷

我的外號是從屬連接詞。

因為我是個沒有女朋友就活不下去的人。

喂

這件衣服和這杯紅酒都是我女友買給我的。小白臉？你想這麼叫我也行 呵……

你在耍什麼帥啊！有本事的話就給我出去工作養活自己！

我不要你了！

混蛋！

別拋棄我～！沒有你我活不下去啊。

放手！

拳打

腳踢

嘿嘿，接下來要從屬誰才好呢。

傻瓜一！

我被拋棄了…

搖搖

晃晃

痛死了……

咖啡

139

核心意象是「總是跟隨主人」

我們在p.134介紹的and和but屬於「對等連接詞」，而and和but之外像是because和if、when這種連接詞則稱為「從屬連接詞」。一般人大多習慣用if＝「如果」、because＝「因為」等背單字的方式來學習從屬連接詞，但其實更重要的是學會"(連接詞 sv), SV"和"SV(連接詞 sv)."等句型結構。

【從屬連接詞的句型】 ※從屬連接詞構成的子句是副詞功能

---

(1) **(連接詞 sv), SV.** ※副詞子句在前

(2) **SV (連接詞 sv).** ※副詞子句在後 ☆兩者意思相同

不含連接詞的句子是「主句（主要內容）」，而含連接詞的部分則是「從屬子句（副內容）」，「主句」可以單獨存在，而「從屬子句」一定要搭配主句。一如字面意義，「從屬」＝「追隨並依附於他者」，因此從屬子句也永遠跟隨著一個主人（主句）。例如If sv.「如果sv的話」不能單獨存在，一定會搭配一個主句出現，以If sv, SV.「如果sv的話則SV」的形式出現，才是正確且美麗的英文。

那麼，下面就讓我們依序來看看從屬連接詞的代表例，if、becasue、when吧。

●if

if 的句型為 "(if sv), SV." 或是 "SV(if sv)."，用來表達「如果～的話」的條件。

You should study harder **if** you want to pass the test.

如果你想通過考試，就應該更用功學習。

這個例句屬於 "SV(if sv)." 的句型。

表示條件的連接詞

□if「如果～」	□unless「除非～」

●because

because 也一樣，可寫成 "(because sv), SV." 或 "SV(because sv)." 兩種句型。不過真要說的話，because 的子句比較常放在主句後面，使用 "SV(because sv)." 的句型。這是因為 because 常用來「強調（對方不知道的）理由」。而重要的部分通常會放在後面吊胃口。在日語中也習慣用「我想你應該知道○○吧。其實那個啊……」的說話方式，把真正想說的主題放在最後面。換言之，因為 because 具有想強調一件事發生的原因，表達「沒想到竟是因為」的意象，所以通常習慣放在主句後面。

She did it **because** she had no choice.

她之所以會這麼做，是因為她別無選擇。

例句為 "SV(because sv)." 的句型。直譯是「因為沒有其他選項，所以她這麼做了」。

表示原因的連接詞

□ because「因為～」	□since／as「因為～」

●when

when的句型是 "(when sv), SV." 或 "SV(when sv)."，用來表達「當～的時候」。

When I grow up, I want to be an idol.

等我長大，我想成為一個偶像。

表達「時」的連接詞除了when以外還有while、before等等。雖然單字本身的意義也很重要，但更重要的是留意 "(連接詞 sv), SV" 和 "SV(連接詞 sv)." 的句型結構。

表示「時」的連接詞

□when「當～」	□while「在～期間」
□before「在～之前」	□after「在～之後」
□till／until「直到～」	□since「自從～」
□ as soon as「之後馬上」	□by the time「當～的時候」

除了上述之外，although等詞也是從屬連接詞。具體請看右頁的例句。

練習使用從屬連接詞

【although】

Although the room was small, it was very comfortable for me.

雖然這房間很小,但我覺得很舒適。

＊although是表達「雖然～」之意的從屬連接詞。句型是 "(Although sv). SV"「雖然sv,但是SV」。

【unless】

You will be late for the meeting unless you hurry. ＊be late for ～ ＝來不及趕上～ ＊hurry ＝快點

如果你再不快點,就趕不上會議了。

＊unless是表達「除非～、如果不～」之意的從屬連接詞。句型是 "SV(unless sv)."「除非sv,否則SV」。

【while】

She called me while she was in a taxi.

她在搭計程車時打電話給我。

＊while是表達「在～期間」之意的從屬連接詞。句型是 "SV(while sv)."「在sv的期間SV」。

> 順帶一提,跟while一樣是「在～期間」之意的during是「前置詞」。因此,during後面不是接sv,而是接「名詞」。

> 關於前置詞的during請參考《前置詞角色圖鑑》＊!

＊暫譯。原書名為《前置詞キャラ図鑑》

被動式

核心意象是「調換」

將主語和賓語「調換」，改成 **"S be p.p. by～"** 的表現形式就叫「被動式」。很多人學習被動式時會把焦點放在意思的翻譯上，但更重要的是記住什麼時候應該用被動式。

用華麗的調換技巧博得大眾喜愛。只要他出手，不論什麼東西都能調換。另外，由於他的口才很好，更被人們稱為天才話術師。最喜歡看的書是『哈利波特』系列。

核心意象是「**調換**」

在想表達「小純打破了窗戶」時，可以調換Jun broke the window.的主語（Jun）和賓語（the window），改成另一種說法 The window was broken by Jun.（前者叫做「主動式」，後者叫「被動式」）。這兩種說法描述的事實完全相同。既然如此，為什麼要使用被動式呢？其理由主要有二：❶「不想說出主語」，❷「想改變主語和賓語的位置」，而❶的句型不使用by，❷的句型會使用by。

❶ 不想說出主語　∗不用**by**～

英文不同於中文，原則上句子裡一定要有「主語」。不過，英文有時也會有「不想說出主語」的情境。但隨便省略主語會違反基本文法，所以此時就會使用被動式。因為被動式的主語和賓語位置前後交換，因此只要省略掉最後的by～，就可以在不提到主語的情況下表達意思。

很多人覺得被動式一定要跟by一起用，但by其實常常被省略喔。

English is spoken in Australia.

英語在澳洲被使用。

這句話的主動式是They speak English in Australia.。但因為這句話的主語「他們」明顯不用說也知道是澳洲人，所以習慣使用被動式省略掉主語。換言之這句話其實是從English is spoken in Australia {by them}.中拿掉by them變成的。

還有在刻意想隱瞞主語時也會使用被動式。

The mansion is haunted.

那間大宅鬧鬼了。

Haunt原本應該使用 " 幽靈 haunt 地點"「 幽靈 在 地點 出沒」的句型，寫成Ghost haunt the mansion.「幽靈在那間大宅出沒」，但因為主語「幽靈（ghost）」會引起恐慌，所以人們習慣上盡可能不去說這個詞。因此才改用被動式The mansion is haunted.來藏起主語ghost。就跟中文裡「被（鬼）附身」的表達方式是一樣的。

　　而在翻譯的時候，並不需要因為原文是被動式就硬是說成「被出沒」了。因為原文使用被動式的目的純粹是「隱藏主語」而已，所以翻譯時不必拘泥一定要翻出「被」這個字。

❷ 想改變主語和賓語的位置　*使用by～

　　英文母語人士使用被動式的另一種原因，則是想「改變主語和賓語的位置」。此時跟❶不一樣，通常不會省略by～。

　　改變主語和賓語的位置，目的通常是想強調主語，或是想強調賓語。例如主動式的Jun broke the window.「小純打破了窗戶」這句話，語氣上強調的是「窗戶」部分。然而，如果把主語的Jun挪到句末改成by Jun（被動式），強調的就會是主語的Jun。

The window was broken by Jun.

打破窗戶的人（竟然）是小純。

　　藉由把主語Jun藏到最後說，可以使聽者的注意力放在Jun上。語氣上就跟「做了○○的人，其實是小純」是一樣的。

The food was followed by wine.

繼餐點之後上的是紅酒。

　　讓我們用原始句型Wine follows the food.「紅酒在餐點之後上」這句話來思考吧。在S follow O.「S跟著O」的句型中，兩者的順序是「SO」（O在先，S在後）。英文雖然是「從左至右」讀，但箭頭的方向卻是「由右至左」。因此才使用被動式「調換主語和賓語的位置」。如此一來就變成 "O is followed by S"，變成「O→S」的順序，使箭頭方向與閱讀順序一樣都是「由左至右」。

　　換言之，當看到be followed by，就直接想成「箭頭（→）」即可。例句也同樣是 "餐點（food）→紅酒（wine）" 的順序對吧。

練習使用被動式

【不用by的被動式】

I was born in Fukuoka.

我生於福岡。

*born是bear「生」的過去分詞，即be born「被生下」的被動式（省略了by my mother）。因為生下我的人很明顯是「我的母親」，所以改成被動態消除主語。

【不用by的被動式】

A mistake was made on the bill. * bill＝請款單

這張單據有誤。

*如果直接說You made a mistake.「你寫錯了」的話，會給人直接譴責you的印象。因此這種時候會改用被動式隱藏主語you，以客觀地描述「有誤」這件事實。

【使用by的被動式（保留主語以達到強調效果）】

This program is presented by KDDI.

本節目是由KDDI製作。

*主動式為KDDI presents this program. ，而上句是此句的被動式。

把「主語（KDDI）」放到最後，可以吸引聆聽者的注意。

比較級

當我們想比較各種不同的事物時，就輪到「比較級」這種文法登場了。比較級的核心意象是「在比較時改變形狀」。使用不同比較方法時，單字也會長得不太一樣，就是英文的特徵。

什麼都喜歡與人比較的姉小路太太。每天都在比東比西，並為此忽憂忽喜。相信長子（p.16）跟愛因斯坦一樣優秀，次子（p.72）是全幼稚園第一的帥哥。小時候夢想成為鋼琴家，但因為彈得沒有妹妹好，所以就放棄了。

* 參照 p.152「表示『差不多』的 as〜as……」、p.153「表示『最』的最高級」、「表示『差』的比較差」

核心意象是「比較時改變形狀」

比較的句型有比較兩者後表達「差不多」的as～as……（原級比較）、比較兩者後表達「差」的-er（比較級）、比較三者以上後表達「最」的-est（最高級）三種。依照比較物的數量是「兩個」還是「三個以上」，以及是「差不多」還是「有差距」，變形的方式也不相同。

❶ 表達「差不多」的as～as……

例如「她跟他一樣忙碌」，想表達兩個東西程度「差不多」時，會用as～as……。

She is as busy as he.

她跟他一樣忙錄。

一如例句，「比較標準」的busy要放在as～as……的中間，而「比較的對象」要放在as～as……的後面。

那麼，as～as……的否定句要怎麼寫呢？只要在as的前面加上not，寫成not as～as……的形式即可，意思是「沒有……那麼～」。

She is not as busy as he.

她沒有像他那麼忙。

因為是not as～as……的形式，所以有些人會誤翻成「不一樣」，但其實應該是「沒有像……一樣～」。

❷ 表達「差」的比較級（-er than～）

比較兩個東西，想表達「她比他更忙碌」，兩者的程度存在「差距」時，只需要將busy的字尾加上er，改成busier即可（這叫做「比較級」）。「比較的對象」要放在than後面。而像busy這種字尾是"子音＋y"的單字，改成比較級時要把y改成i再加-er。

She is busier than he.

她比他更忙碌。

另外像interesting（有趣）這種長單字則不加-er，而是直接在前面加一個more。

This book is more interesting than that one.

這本書比那本書更好看。

在英文會話中，busier和more interesting等比較級非常容易被忘記，請多加留意。

❸ 表達「最」的最高級（-est in[of]～）

比較三個以上的東西，想表達「最～」時，則會使用「最高級」。最高級的寫法是將單字改為the -est的形式，而長單字則是直接在前面加the most。

She is the busiest in her family.

她是全家最忙的人。

This book is the most interesting novel I've read this year.

這本書是我今年讀過最好看的小說。

跟比較級不一樣，最高級一定要加the。這是因為「全家最高」可被「共通認識」（the的概念請回去看p.122「冠詞」）。

順帶一提，對於哪些長單字是加the most，只要記住「除了pretty和strong所有6個字母以上的單字」即可。

Check it! 補充知識

想表達「最～」的時候，首先要決定範圍，然後才在該範圍中表現「最」。例如全家（最）、全校（最）、全國（最）等等。這個「範圍」的表現法有of和in兩種，至於什麼時候用哪一種，可以用下面的方式簡單區分。

用of

後面是「數字」或有all的情況。
如Of the three movies、of all等。

用in

上述以外的所有情況。如in her family等。

有些參考書上會寫「of＋表達複數的語句」、「in＋表達範圍、場所的語句」，但上面這方法更簡單對吧。

練習使用比較級

【not as〜as……「沒有〜那麼……」】

The population of Japan is not as large as that of Nigeria. *that = the population

日本的人口沒有奈及利亞那麼多。

＊上文是as〜as……的否定句,因此要翻做「沒有〜那麼……」。順帶一提,以前日本的英文課都教「as〜as……的否定句是not so〜as……」,但實際上as比so更常用。

【表達「差」的比較級(-er than〜)】

My little sister can play the piano better than I can.

我妹妹比我更會彈鋼琴。

＊better是well「好」的比較級。英文中也存在如better這種不規則變化的比較級,但大多都是「better」和「best」這種大家一般都很熟悉的單字。順帶一提,good(形容詞的「好」)的變形方式是good → better(比較級)→ best(最高級),而well(副詞的「好」)也是well → better → best。

【表達「最」的最高級(-est in [of]〜)】

Curry is the best player of all players I've ever seen.

柯瑞是我見過最好的球員。

＊英文的最高級。因為比較範圍是all players,所以要用of。

其三　不多於／不少於

有一種會用到比較級的慣用句型是「不多於／不少於」。

具體來說，也就是 " no 比較級 than A " 的句型，因為這個文法有個非常常見的例句提到了whale（鯨魚），所以在日本又叫「鯨魚構文」。

你的例句是

A whale is no more a fish than a horse is. 對吧。

這句話大多翻成「鯨魚就跟馬一樣，不是魚」。

沒錯。雖然句型結構和翻譯看起來都不太好懂，但其實只要運用某個祕訣，便能輕鬆理解此文法。

看到 " no 比較級 than A " 的句型，就畫兩條箭頭

看懂「鯨魚構文」的訣竅，就是畫兩條箭頭。具體來說，這兩條箭頭分別是①從no指向 比較級 、②從no指向than A。

①「no 比較級 」的部分是「完全不是～（不如說完全相反）」，具有強烈否定的意思。此處要注意的是否定不是用not而是no。not的否定只有「不是～」和「除了」的意思，但no卻有「根本不是～（不如說完全相反）」的「強烈否定」之意。在①的部分請記住這點。

至於另一個箭頭，也就是②no～than A的部分，則翻譯為「與A相同」。原本than是用來表達「比～」，也就是「有差」的意思。但因為這個「差別」被no否定了，所以意思變成了「沒有差」→「與A相同」。

那麼，我們再回頭來看看開頭的英文句子「A whale is no more a fish than a horse is.」（鯨魚就跟馬一樣，不是魚）吧。

鯨魚就跟馬一樣，不是魚。

　　①的「no 比較級」部分是「完全不是～（不如說完全相反）」的意思，所以「no more a fish」就是「完全不是魚」之意。因為fish不存在與之「相反」的概念，所以它的強烈否定要理解成「完全不是魚，不如說是跟魚相反的存在」。

　　而② no ～ than A翻成「與A相同」，所以 "no ～ than a horse is" 的意思是「與馬相同」。因此這句話的完整句意是「鯨魚絕對不是魚。而且它不是魚的程度就跟馬一樣」。想表達的是「說鯨魚是魚類，就跟說馬是魚類一樣（比喻鯨魚在生物學上跟魚的差距有這麼大）」。

　　「鯨魚構文」的另一個重點，是①為說話者的主張，而②為補充該主張的「具體例子」。用前面的英文例句為例，只說出「鯨魚不是魚類」這個主張，對方可能會覺得「那種小事我當然知道」。因此，說話者在後面再舉了一個誇張的例子告訴對方「不，兩者相異的程度比你想得更大，稱鯨魚是魚類就跟稱馬是魚類一樣」，來加強自己的主張。因此只要用「兩條箭頭」來想，乍看難懂的「鯨魚構文」也能迎刃而解。

no less 就是「很」的意思

　　還有一種不多於／不少於的句型是 "no less ～ than A"。這種句型其實也能用前面的「兩條箭頭」來輕鬆理解。

A whale is no less mammal than a horse is.

鯨魚跟馬一樣是哺乳類。

　　① "no less mammal"「鯨魚不是哺乳類（less mammal）這件事不正確（no）」→「鯨魚是哺乳類」。實際看看英文原文，會發現 "no less" 的 no 和 less 都是否定意義，所以負負得正，把 no less 想成『很』就簡單多了。換言之，這句話的意思、就是『鯨魚很哺乳類』。而② "no ～ than a horse is" 就跟前面的 "no 比較級 than A" 一樣，翻成「跟馬一樣」就行了。

只要畫出兩條箭頭，便能輕鬆理解原本看似複雜的句型。

只要看到 " no 比較級 than A " 或 " no less ～ than A " 的句型就馬上畫箭頭，便能輕鬆看懂這句話在說什麼。

關正生（Seki Masao）

1975年生於東京。慶應義塾大學文學部（專攻英美文學）畢業。
TOEIC成績990分滿分。株式會社Recruit經營的線上補習學校「Study
Sapuri」的講師，每年為95萬人的全國大學考生、中學生、社會人士講
課。著有『世界一わかりやすい英文法の授業（世界第一好懂的英文文
法課）』（KADOKAWA）、『サバイバル英文法（求生英文文法）』
（NHK出版新書）等超過70本著作。

日文版Staff

內文設計、DTP	谷口賢（Taniguchi ya Design）
漫畫、插圖	上田惣子
漫畫腳本	清水めぐみ
校對	John Daschbach（JD Media株式會社）
	（株）鷗來堂
編輯	スリーシーズン（花澤靖子）

TOEIC滿分英文講師解析！
資優英文文法王一本制霸

2021年12月1日初版第一刷發行
2024年7月15日初版第三刷發行

作　　　者	關正生
譯　　　者	陳識中
編　　　輯	吳元晴
美術編輯	黃郁琇
發 行 人	若森稔雄
發 行 所	台灣東販股份有限公司
	＜地址＞台北市南京東路4段130號2F-1
	＜電話＞(02)2577-8878
	＜傳真＞(02)2577-8896
	＜網址＞https://www.tohan.com.tw
郵撥帳號	1405049-4
法律顧問	蕭雄淋律師
總 經 銷	聯合發行股份有限公司
	＜電話＞(02)2917-8022

國家圖書館出版品預行編目 (CIP) 資料

TOEIC滿分英文講師解析!資優英文文法
王一本制霸/關正生作；陳識中譯. -- 初版. --
臺北市：臺灣東販股份有限公司, 2021.12
160面；14.6×21公分
譯自：核心のイメージがわかる!英文法キャ
ラ図鑑
ISBN 978-626-304-968-0(平裝)

1.多益測驗 2.語法

805.1895　　　　　　　110017993

KAKUSHIN NO IMAGE GA WAKARU!
EIBUNPOU CHARA ZUKAN
© Masao Seki 2019
Originally published in Japan in 2019
by SHINSEI Publishing Co., Ltd, TOKYO.
Traditional Chinese translation rights arranged with
SHINSEI Publishing Co., Ltd, TOKYO,
through TOHAN CORPORATION, TOKYO.